舞姫
まいひめ

［日］川端康成 著
侯为 译

青岛出版集团
青岛出版社

川端康成
作品精选
魏大海 主编

舞 姬
まいひめ

[日] 川端康成 著
侯 为 译

青岛出版集团 | 青岛出版社

图书在版编目（CIP）数据

舞姬 /（日）川端康成著；侯为译. — 青岛：青岛出版社，2023.1
（川端康成作品精选 / 魏大海主编）
ISBN 978-7-5736-0572-6

Ⅰ.①舞… Ⅱ.①川…②侯… Ⅲ.①长篇小说—日本—现代 Ⅳ.①I313.45

中国版本图书馆CIP数据核字（2022）第218275号

丛 书 名	川端康成作品精选
丛书主编	魏大海
本册书名	舞姬 WUJI
著　　者	[日]川端康成
译　　者	侯　为
出版发行	青岛出版社
社　　址	青岛市崂山区海尔路182号（266061）
本社网址	http://www.qdpub.com
邮购电话	0532-68068091
策　　划	杨成舜　王　伟
责任编辑	杨松霖
装帧设计	今亮后声·核漫
封面插画	尔凡文化·秦国栋
照　　排	青岛新华出版照排有限公司
印　　刷	青岛新华印刷有限公司
出版日期	2023年1月第1版　2023年1月第1次印刷
开　　本	32开（889 mm×1194 mm）
印　　张	7.25
字　　数	136千
印　　数	1—6000
书　　号	ISBN 978-7-5736-0572-6
定　　价	42.00元

编校印装质量、盗版监督服务电话　4006532017　0532-68068050
上架建议：日本文学·小说·畅销

译序

1968年12月10日，瑞典学院常务理事安德斯·奥斯特林发表诺贝尔文学奖颁奖词：

——本年度诺贝尔文学奖的获奖者是日本的川端康成先生。

——川端康成先生的叙事笔调中，有一种纤巧细腻的诗意。溯其渊源，出自11世纪日本的紫式部所描绘的包罗万象的生活场景和风俗画面。

——川端康成先生以擅长观察女性心理而备受赞赏。……我们可以发现其辉煌而卓越的才能、细腻而敏锐的观察力、巧妙而神奇的编织故事的能力，描写技巧在某些方面胜出了欧洲文坛。

——川端先生的获奖有两点重要意义：其一，川端以卓越的艺术手法，表达了具有道德伦理价值的文化思想；其二，川端先生在架设东方与西方之间的精神桥梁上做出了贡献。

——这份奖状旨在表彰其以敏锐的感受性和高超的叙事技巧表现了日本人的心灵精髓。

目前，国内文坛掀起了新一轮"川端康成热"。译序开篇，先介绍日本著名作家和文学理论家对川端的评价。

评论家伊藤整认为，将丑转化为美乃是川端作品的一大特性。"残忍的直视看穿了丑的本质，最后必然抓住一片澄澈的美，必须向着丑恶复仇，"这是川端的"力量所在"。川端康成的两种特质有时会"在一种表现中重叠"，有时会获得更大的成功。伊藤整说："在批评家眼中，二者的对立无法调和，却可通过奇妙的融合使二者有机地结为一体。……唯有川端拥有那种无与伦比的能力，抵达真与美的交错点。"伊藤整又说"由此可见这位最爱东方经典的作家的心路历程"。川端康成在文学史上的意义在于，一方面他是"在马克思主义与现代主义对立、交流中"获得成功的批评家，另一方面"他又脱离了当时的政治文学和娱乐文学两方面，继承并拯救了大正文坛创发的体现人性的文学"。

三岛由纪夫则将川端称作"温情义侠"，说他从不强买强卖推销善意，对他人不提任何忠告，只是让人感受"达人"般"孤独"的"自由自在的生活方式"。同时，川端的人生全部是在"旅行"，他也被称作"永远的旅人"。川端的文学也反映出川端的人生态度。三岛由纪夫对川端的高度评价是，近代作家中唯川端康成一人"可体味中世文学隐藏的韵味，即一种绝望、终结、神秘以及淡淡的情色,他完全将之融入了自己的血液"。三岛说"温情义侠"川端与伪善无缘。普通人很难达到此般"达人"的境界。川端重视人与人之间的和谐,与世无争且善于社交,所以他还被称作"文坛的总理大臣"。

著名文学史评论家中村光夫则说,横光利一体现的是"阳",属于"男性文学",其文学的内在戏剧性在《机械》中明显表征为"男性同志的决斗";而川端康成体现的则是"阴",属于"女性文学"。在某种意义上,横光具有积极的"进取性",终生在不毛之地进行着艰苦的努力,"有人说他迷失在了自己的文学里";相比之下,川端学习了"软体动物的生存智慧",看似随波逐流,却成功地把"流动力"降到最低限度。中村光夫认为,川端康成作为批评家亦属一流,因此总能看透文坛动向的实质,继而在面对时代潮流时显现为一种逃避的态度,实际上却尤为切实地耕耘着自己脚下的土地。

如上十分精辟的评价,为我们描摹了一幅顶级作家的画像。下面我简单疏理一下川端康成的创作经历。1932年,川端以自己过往痛苦的失恋经历为题材,在《中央公论》上发表了《抒情歌》。1933年2月,《伊豆舞女》初次被拍成了电影(五所平之助导演)。同年9月10日,川端的画家好友古贺春江过世。同年10月,与小林秀雄、武田麟太郎、深田久弥、宇野浩二、广津和郎等一起成为《文学界》在文化公论社的创刊同人，旨在推动文艺复兴。后来《文学界》同人中又增加了横光利一、里见弴等。在暗郁的时代风潮和大众文学的泛滥中，他要维护纯文学的自由与权威并推动其发展。同年12月，川端在《文艺》杂志上发表了他的随笔《临终之眼》。这个时期川端作品的主题跟芥川龙之介的认知相关。芥川在其遗书中写到，"'临终之眼'亦即死的念头始终萦绕于心"。川端康成在《临终之眼》中写到，"我要把人妖魔化，却并未玩弄'奇术'。我描绘的是心中的叹息或战斗的现场。人们将之称作什么，我无从得知"。

1934年6月初，川端访新潟县南鱼沼郡的汤泽町，之后再访高半旅馆幽会十九岁的艺伎松荣，并以此为契机执笔连载小说《雪国》。1935年1月开始在几个杂志上连载《雪国》。同月芥川奖和直木奖创设，川端康成和横光利一同担任"芥川奖"评委。1936年1月至5月五次到越后汤泽，继续《雪国》的创作。1947年10月在《小说新潮》上发表《续雪国》，历时十三年终于完成了《雪国》的创作。

1948年5月，开始刊行《川端康成全集》（全十六卷），在各卷的"后记"中川端开始回顾自己五十年的人生（1970年将这些"后记"结集为《独影自命》刊行）。也是5月，他以中学时代的日记为素材，连载回顾过去的小说《少年》。同年6月，川端继志贺直哉之后就任日本笔会第四任会长。11月旁听了东京审判的判决。1949年5月，开始断续发表其战后代表作之一的《千鹤》；同年9月开始陆续发表《山音》各章。后者描写战后的一家人，留有色彩浓重的战争伤痕。有观点称，《山音》是日本战后文学的巅峰之作。从这一时期开始，川端的创作活动十分充实，这是他进入作家生涯的第二个多产期。同月，在意大利威尼斯国际笔会第二十一届大会上，川端作为日本笔会会长致辞——《和平没有国境线》。

1954年3月就任新设立的新潮社文学奖评委；4月在筑摩书房出版了单行本《山音》，之后据此获得了第七届野间文艺奖。从《山音》发行的同年1月开始，川端在《新潮》杂志上连载了长篇小说《湖》。这部作品备受瞩目，理由是采用了新颖的超现实手法进行心理描写，展示了"魔界"意象，有观点称这部实验性作品衔接之前创作的《水晶幻想》和之后的《睡美人》。从同年5月开始，《中部日本新闻》等开始连载《东京人》。这是川端唯一的超长篇小说，上下两卷约八十万字。从1956年1月起，《川端康成选集》（全十卷）由新潮社发行。

川端康成也是日本"新感觉派"文学的代表作家，20世纪初与横光利一联袂创刊《文艺时代》杂志，借鉴西方的先锋派文学，创立了日本的"新感觉派"文学。在欧洲达达主义的影响下，在以"艺术革命"为指向的前卫运动的触发下，《文艺时代》成为昭和文学的两大潮流之一（另一潮流是同年6月由无产阶级文学同人创刊的《文艺战线》）。但在日本文坛，"新感觉派"文学只是一个短暂的文学现象。后期川端作品更多体现的是日本式的唯美主义特征，小说富于诗性、抒情性，也有庶民性色彩浓重的作品，且川端有"魔术师"之谓，即衍化、发展了少女小说等样式。后期川端的许多作品追求死与流转中的"日本美"，有些将传统的连歌融合前卫性，逐渐确立起融合传统美、魔界、幽玄和妖美的艺术观或世界观。他默然凝视，对人间的丑恶、无情、孤独与绝望有透彻的认识，在此基础上不懈探究美与爱的转换，将诸多名作留在了文学史上。当然，川端康成后期的创作与"新感觉派"式的创作方法或文学理念并非全无瓜葛。

1930年，川端康成加入由中村武罗夫等人组成的"十三人俱乐部"，俱乐部成员自称"艺术派十字军"。同年11月，他在《文学时代》上发表的《针与玻璃与雾》，受乔伊斯影响，采用了新心理主义的"意识流"手法。1931年1月，他在《改造》杂志上发表相同手法的《水晶幻想》，灵活采用了时间、空间无限定的多元化表现，体现了实验性作品应有的高度。

以上川端的经历并非依照正常的时序，而是想到了便信手拈来。1914年5月25日凌晨2时，与川端康成相依为命的祖父逝世。高慧勤主编的"十卷本"序中，对此有过精到的解读。祖父有志于中国的风水学和中药研究，却未能实现在世间推广的志向。祖父的喜好与过世，对川端的性格形成乃至文学特征都有影响。《十六岁的日记》写于祖父患病卧床期间，其定定看人（默然凝视）的习惯，据说亦与常年伴随因白内障失明的祖父生活相关。

下面该说说本"精选集"中选录的重要作品。

川端康成最重要的作品自然是《雪国》，它也被称作昭和时期日本文学代表性的长篇小说之一。作品主人公是名叫岛村的中年男子，他离开妻子所在的东京，去长长隧道的另一侧的雪国温泉村，并遇见了艺伎驹子。故事情节的展开，历来被认为是一种所谓"异界"（如桃源乡、"幽界"或"日本的故乡"等）探访的故事。但雪国温泉村并非是与东京隔离的异乡，而是同样具有近代侧面的去处，驹子毕竟是现实中的女性。不如说川端康成是以"非现实"的唯美手法把握了雪国温泉村、驹子和叶子等。《雪国》的重要特征在于叙事与表现的特殊关系。故事序章中川端以"电影重叠"的手法展现了火车玻璃窗上的叶子映象，结尾则描述了"电影胶卷"引发的雪中火灾。总之，与电影的密切关联，据说在"日本的""传统的"印象中凸显了现代主义的侧面。

精选集中另一部名作《睡美人》，被三岛由纪夫称作"颓废文学的逸品"。这部川端文学后期代表性的中篇小说关注的是老年人的生理与心理状态，绝非海淫海盗之作。

日本学者原田桂关于《湖》的解读具有启示性。她说，值得一提的是，现行版通过截断、删除末尾到开头的圆环，使主人公面对的问题无法通过闭环时间轴得到解决，而刻意通过作者之手形成未完的状态，使读者一同置身于永无终止的深渊。这种深渊正是解读"孤儿根性""万物一如"的川端文学的主题——"魔界"——的一个路径。

短篇名作《伊豆舞女》耳熟能详，最初发表在《文艺时代》1926年1月、2月号上。当初并未引起巨大反响，后来却六次被拍成电影，作者也说是自己"特别喜爱的作品"。该作的情节、手法相对简单，被称作"20世纪日本代表性的青春爱情小说"。

前面提到，《山音》是川端康成非常特异的作品。评论家山本健吉称该作是"战后文学最高杰作之一、川端文学的最高峰"。正如一些研究者反复强调的那样，《山音》也是一部平静的"再生"物语。毫无疑问，与《睡美人》一样，《山音》着意表现的也是特殊背景下老年男性面对衰颓和死亡的心理以及情感状态。

纳入本精选集中的《千鹤》和《舞姬》，亦为战后的长篇小说，分别以茶道和芭蕾舞这种对照性的技艺为主题，描写了战争和战败带来的父权及家庭的瓦解，或者说是战前即已显露端倪的瓦解状态的表面化。与《雪国》的文体有所差异的是，《千鹤》充满了对四季风景和人物举止的详尽描写，对人物的心理、行为的洞察亦细腻超凡。茶具、痦子、雪子包袱皮上的千鹤图案等，各种元素都具象征性。有人说可以感知到古典名著《源氏物语》的影响及"二人合一"的"二重体女像"设置。另外《千鹤》还有名为《碧波千鸟》的续篇，该作品从1953年4月到12月连载于《小说新潮》上。怎样把握《千鹤》与《碧波千鸟》的关系，一直有很大的争议。

据川端称,《舞姬》也是未完之作。文体上与《千鹤》不同的是,《舞姬》深入到了复数人物的精神世界。三岛由纪夫曾指出,关注川端的人们需反复阅读的作品应该包括《抒情歌》(《中央公论》1932年2月)。这部小说具有神秘性,作品中人物向着已为故人的"你"诉说。川端认为佛经之类也是可贵的抒情诗。而作为诺贝尔文学奖参评作品之一的《古都》,则是川端最后的报载小说。《古都》写了一对孪生姊妹的命运及悲欢离合。小说开篇写到寄生于老枫树上的两株紫花地丁。两株花分别长在老树相隔不远的两个树洞中,象征了双胞胎姐妹的命运:一个是苗子,留在山中含辛茹苦;另一个是千重子,是养父母的掌上明珠。两人都是善良、优美、纯洁的少女。《古都》的情节相对简单。战后的《彩虹几度》,也是将京都作为故事的主要舞台。

另一部特异的作品《名人》(《后记·吴清源棋谈·名人》,1954年)经十六年加工修改完成,跨越战时和战后岁月,也是堪与《雪国》相提并论的代表作。1938年,本因坊秀哉"名人"与木谷实"七段"(作品中为大竹"七段")对弈,后川端以《本因坊名人引退围棋观战记》为题,连载作品于《东京日日新闻》和《大阪每日新闻》(7月23日到12月28日)。其后,川端康成强烈"希望有机会将之改写为小说"(《独影自命》),后经中断、分期连载、加工和修改,完成了现在的《名人》。这部作品有四十一章和四十七章两个版本。本精选集采用的是四十七章的版本。最后,在此次面世的《川端康成作品精选》中，第九卷是短篇小说集，收录的重要作品有《少年》《十六岁的日记》《招魂祭一景》《女人的梦》等，第十卷为评论随笔集，收录《文学自传》《秋山居》《日本的美与我》《新感觉派》《新进作家的新倾向解说》等重要文章。

许多读者关心，应当如何看待川端康成与日本第二位诺贝尔文学奖获得者大江健三郎的差异。两者的差异在于，川端康成的文学感受性是出类拔萃的。1968年10月17日，他作为日本作家首获诺贝尔文学奖。

1968年12月10日，川端康成身着和服正装，佩戴文化勋章，出席了在斯德哥尔摩音乐厅举行的诺贝尔奖颁奖仪式。第三天即12日下午两点10分，在瑞典学院，川端身着西装用日文作了获奖纪念演说《日本的美与我》。演说中，川端引用了道元、明惠、西行、良宽、一休的和歌诗句，配英语同声传译。川端康成的人生轨迹跨越二战前后，反映了那个时代。那些独白式的寄于和歌的作品，本身并未受到时代的思想或世态左右，展现了作家自身的艺术观和澄澈的诗性。

关于川端康成的自杀，有如下几种说法。
1.殉身于日本行将破灭的"物哀"美学的世界。
战败后，川端决意"回到日本古来的悲哀之中"。在其诺贝尔文学奖获奖致辞《日本的美与我》中，他讲述了自己传承的古代日本人的心性，体现了日本人心性的"物哀"的世界，倘在历史的必然中行将为近代世界所取代，自己便唯有殉身于那个行将灭亡的世界。在自杀当年发表的随笔《犹若梦幻》中也有诗曰："朋友的生命皆已消亡，苟且偷生的我是火中莲花。"

2.好友三岛由纪夫的剖腹自杀（三岛事件）使之受到巨大冲击。

川端说："三岛君的死令我怀念横光君。两位天才作家的悲剧和思想并不相似。只因横光君是我同年的不二师友，三岛君是我年少的不二师友，我还会有活着的不二师友吗？"三岛的死给川端带来强烈的心灵冲击。两人关系密切，正是川端发掘了三岛的才能并给予高度的评价。二者的连接点还在于"宏观上否定战后的根本性精神构造"，且二者皆为"夭折的美学"所吸引。所以，川端没选择谷崎润一郎和志贺直哉那种"享受作家退休金"的寿终正寝的结局。

3.对老丑的恐惧。卧床不起、生活无法自理的祖父三八郎临终前的状况留给川端的深刻记忆，便是十分具体的老丑恐惧。他护理祖父的经历写在短篇《十六岁的日记》中。

4.另有一个推测性假说，与川端喜欢的一个女性助手（鹿泽缝子）相关。臼井吉见在其小说《事故的始末》（筑摩书房，1977年）中提出了相关见解。据小谷野敦说，川端希望将之收为养女。《事故的始末》因损害遗属名誉权被起诉。

另外，据2012年尝试接触鹿泽缝子本人的森本获所言，缝子拒绝面谈，但通过丈夫表达了如下意见："那部小说中的女性与自己无关。""唯一可以说的是，我不知道川端先生是否钟情于我。"但缝子在川端死后又曾对养父坦白："我想先生自杀的原因是我。"森本获通过综合性考证，认为这个假说是事实。

5.获得诺贝尔文学奖后，小说创作停滞，创造力枯竭。获奖带来的是忙碌和负担。川端在获奖后曾说："获奖非常光荣，但对于作家，名誉反而成为重负抑或妨碍，甚至令其萎缩。"

6.做盲肠炎手术等身体状况不好，立野信之、志贺直哉、亲密的表哥秋冈义爱的死，也令其意志消沉，一时间着魔犯错。

7.事故说。川端比之前更加依赖于安眠药，死亡时有安眠药（海米那）中毒的症状。川端任日本笔会会长时信赖的副会长芹泽光治良在追悼记《川端康成之死》中否认他是自杀。

编选《川端康成作品精选》时，我重读了高慧勤早年的《川端康成十卷集》译序。洋洋洒洒两万余字的鉴赏文，深入、细腻、充满感性体悟和理性剖析，绝非四平八稳的"川端康成论"可比拟，同时萃聚了充溢的知识性和灵动的文艺性，纯然是一篇文字优美、分析到位、感情充盈的散文名作。

这里作为结语引用一段,以飨读者。

川端康成是一位难以把握的作家。他创造的艺术世界,意蕴朦胧,情境飘忽,令人颇有些费解。倘说他是美的追求者,作品却时时表现美的毁灭,美与死亡常常结下不解之缘;倘说他是女性的膜拜者,有时又不那么热切,甚至还投去冷漠的一瞥;倘说他是官能的崇尚者,却只是发乎情而止乎憧憬,还以遐想的成分居多。在纷繁的人世,他是孤独的、悲哀的。在他构筑的艺术殿堂里,你看到的是一幅幅忧伤的浮世绘。浮世绘是江户时代(1603—1867)的市民艺术。"浮世"二字原初写作"忧世",意谓"世道多忧",系佛家用语。后来才转指无常、虚幻而短暂的现世。所以浮世绘表现的,大多为市民阶层的世态风俗和现世欢情。画师们以新鲜的感觉,观照自然人生,率真地表现主观意象。那春愁撩乱的痴男怨女,那揽镜自怜的青楼艺妓;雨夜里啼月的杜鹃,暮色中积雪的山径;春日的飞花,秋天的落叶……构成一片清幽淡雅的世界;那色彩,绚丽中带些枯涩,明艳中流露出哀伤,点染出一派十足的日本风情。

在这套精美的《川端康成作品精选》面世之际,谨对恩师高慧勤先生表达敬意和缅怀。高慧勤先生2000年主编、翻译的《川端康成十卷集》(河北教育出版社)是国内迄今为止不可多得的一套川端康成精选集。"十卷集"的译者除了高慧勤先生本人,还有当时中国日本文学研究界的前辈李芒先生、刘振瀛先生、李德纯先生、文洁若先生、金中先生和赵德远先生等,谨向各位前辈表示敬意。当然也有一些同辈中的佼佼者,如谭晶华先生和林少华先生等。我和侯为先生当时承担了"十卷集"中的第十卷(川端康成的评论和随笔)的翻译。此次,青岛出版社的《川端康成作品精选》也参照了高慧勤主编的《川端康成十卷集》,沿用部分译作。

魏大海
2022年10月9日于燕郊

目录

译序-1

皇居护城河-1

母亲的孩子　父亲的孩子-23

夜醒与觉醒-51

冬天的湖-84

爱的力量-107

山那边-138

佛界与魔界-167

深藏的往昔-192

皇居护城河

十一月中旬,东京的日落时刻是四点半前后。

出租车发出难听的声响停下,车尾喷出了青烟。

车尾部绑着装木炭的草袋和装木柴的口袋,还挂着一个变形的旧铁皮桶。

后边的汽车猛按喇叭,波子回头张望。

"好可怕。真吓人啊!"

波子耸肩缩脖,靠近竹原。她把手抬到胸前,像要遮掩自己的脸。

竹原惊讶地看到,波子的指尖在颤抖。

"怕什么?有什么可怕的?"

"被发现呀!我会被发现的呀。"

"哦……"

原来如此。竹原望着波子心想。

这里是从日比谷公园后街进入皇居前广场的交叉路口中央，来往车辆较多。适逢下班时间，在他们后边还停着两三辆车。左右两侧，车流不断。

后边被堵的车开始倒退，车灯照进他们车内。波子胸前的宝石闪闪发光。

波子身着黑色套装，左胸前戴着胸针，胸针形如细长的葡萄串。葡萄的藤蔓是白金的，叶片是绿色哑光宝石，缀有几颗钻石制成的果实。

为与项链搭配，波子还戴着珍珠耳饰。

耳饰上的珍珠只是在鬓发下若隐若现，项链上的珍珠亦被白色罩衫的蕾丝领边抢了风头。那蕾丝看上去是白色的，还有点浅珍珠色。

那条蕾丝领边延伸到胸口下方，柔软精美，倒颇衬其适龄的气质。

同样是蕾丝领子，却没有立很高，从耳朵下方开始的圆形褶皱向前逐渐变深，宛如在纤细的颈项周围荡起舒缓的波浪。

微光之中，波子胸前宝石的清辉似乎也在向竹原诉说。

"被发现……在这种地方，会被谁发现？"

"矢木……还有高男……高男特别亲近父亲，所以他在监视我呢。"

"你先生不是在京都吗？"

"那可不一定呀。而且不定什么时候就会回来呢。"波子摇了摇头,"都是因为你叫我坐上这种车。你从前就爱做这种事嘛……"

汽车拖着难听的声音开动了。

"啊,车动了。"波子嘟囔道。

交警也看到车停在交叉路口中央喷着烟,但并没有过来盘问,可能是因为停车时间很短吧。

波子把左手贴在脸颊上,好像那里还残留着恐惧感。

"你怪我叫你坐这种车……"竹原说道,"还不是因为你拨开人群逃跑似的冲出公会堂,慌里慌张的样子。"

"是吗?我自己倒没发现……也许是吧。"波子低下头说道,"今天也是,我从家里出来时,忽然就想起要戴两个戒指了。"

"戒指?"

"是的。我丈夫的财产呀……如果碰到丈夫,他就会想到宝石还在——虽然自己外出但没弄丢,他会高兴的……"

波子话没说完,汽车又发出难听的声音停下。

这回司机下了车。

竹原望着波子的戒指说:

"你是防备矢木先生发现你,才特意戴上宝石的吧?"

"是的。倒也没那么明确,只是忽然就……"

"真令人惊讶。"

波子就像没听到竹原的声音，说道：

"感觉不对呀，这车……情况不好！太可怕了！"

"冒那么大的烟。"竹原也望着后窗，"好像打开炉盖生火呢！"

"这车坐得太遭罪了。咱们下车走不行吗？"

"总之先出去吧。"

竹原打开了很难打开的车门。

这里位于通往皇居前广场的护城河之上。

竹原走到司机身边，回头望着波子。

"你着急回家吗？"

"不，没事儿。"

司机把长长的废铁棒插进炉膛咔嚓咔嚓地搅动，可能是要旺一下炉火吧。

波子像要避人眼目似的，俯望着护城河水，等竹原走近就说："我估计今晚家里只有品子一个人。如果我回家晚了，那孩子就会问我干什么了、去哪里了，甚至会眼泪汪汪。不过她也只是担心我，不像高男，他在监视我。"

"是吗？不过，刚才你说的宝石的事儿惊到我了。宝石原本就是你的东西，而且你家过日子也一直都靠你的操劳吧？"

"是啊！虽然我能力有限……"

"这太令人惊讶了。"竹原望着波子无精打采的样子说道，"我实在无法理解你丈夫的心态。"

"这是矢木家的家风嘛!从结婚时起就没有一天改变过。这是老规矩啦!你不是也早就知道了吗?"波子继续讲道,"也许从结婚之前就是那样,从我丈夫的母亲那一代……因为矢木的父亲很早就去世了,他母亲一个女人家供他上学。"

"这和那是两码事儿。而且,如今和你用陪嫁钱过轻松日子的战前也不同吧?这一点矢木先生应该也是再清楚不过了。"

"他很清楚呀!不过,矢木说,每个人都背负着各自的哀愁嘛!当哀愁过于沉重时,在其他方面就会出现明明知道却难以理解和无能为力的情况啊!这一点上我也觉得彼此之间都是这样。"

"尽说傻话。也不知道矢木先生在哀愁什么……"

"矢木说,日本战败,他心里的美好破灭了。他自己是旧日本的亡灵。"

"哦?他想用亡灵这种胡话当借口,对波子操持家务的辛劳视而不见?"

"那哪是视而不见嘛!家里东西越来越少,矢木担心得不得了。所以他才会监视我的一举一动啊!他对零碎小钱都要斤斤计较呢!总觉得到了一无所有时他会自杀,我很害怕。"

竹原也感到有点不寒而栗。

"你就是因为这个,戴了两个戒指出来吗?矢木先生算不上什么亡灵,可你说不定是被亡灵附体了呢!不过,更亲近父亲的高男会对父亲无耻的态度怎么看呢?他已经不是小孩了吧。"

"是啊。他好像也很苦恼呢！在这一点上他同情我，看到我在工作，就说要休学打工。不过，那孩子一直把父亲当学者去绝对尊敬，如果他开始怀疑父亲的话会怎样？真是可怕呀！不过，在这种地方说这种事儿，还是……"

"是吗？那就以后找时间静下来听你说吧！不过，我实在不忍心看你现在那么害怕矢木先生的样子啊！"

"抱歉。已经没事儿了。恐惧感会时不时地发作，就像抽风或歇斯底里似的……"

"是吗？"竹原疑惑地问道。

"真的。都怪汽车忽然停下嘛！现在我已经没事儿了。"波子抬起脸来，"好漂亮的晚霞呀！"

天空的色彩仿佛也映在她的珍珠项链上。

上午碧空晴朗，下午轻云飘纱，这样的天气持续了两三天。

那轻云薄得出奇，在落日西天边，薄云融入了暮霭。不过，暮霭中透出的些许微妙色调，似乎正源自那轻纱般的薄云。

西天晚霞仿佛烟幕般垂挂，朦胧甜蜜地笼罩着白天的温暖。但是，秋夜的凉意已开始在其中潜行，晚霞的殷红色同样给人以这种感觉。

殷红的天空，有的部分透出浓重的朱红色，有的部分泛着胭脂红，还有少量淡紫色和浅蓝色的部分。此外另有其他颜色融入暮霭之中，看似静止垂挂在西天，却又迅速流变，似乎行将消失。

这时,皇居森林的树梢头之上,只能看见一抹缎带般纤细的青天。

那一抹青天毫无霞光映染,在黑沉沉的树林和凝滞的红霞间勾勒出鲜明的界线,使那抹青天看似分外遥远,宁静清澈而又透着哀愁。

"好漂亮的晚霞呀!"

竹原也说道,然而不过是重复波子的话。

他此时心思都在波子身上,所以并未觉得晚霞有何特别之处。

波子却一直望着天空。

"从现在一直到入冬,晚霞都会经常出现呢!这晚霞会让人想起儿时的情景,不是吗?"

"是啊……"

"冬天那么寒冷却跑到街上看晚霞,我还常被大人责备要冻感冒呢!啊……我呢,曾经想过,自己这样目不转睛地望着晚霞,也是受到矢木的影响吗?可其实是从小时候就这样嘛!"波子回头看着竹原,"不过,还是有些奇怪呀!刚才在进日比谷公会堂之前那里有四五棵银杏树,在公园出口也有四五棵银杏树,对吧?同样的树并排长着,可每棵树变黄的程度却不同。而且有的落叶多,有的落叶少,是吧?这样看来,树木会不会也是各有各的命运?"

竹原默不作声。

"刚才迷迷糊糊地想着银杏树命运的时候,车就嘎达嘎达地停下了。我吓了一跳,就开始害怕了。"波子望着汽车,"看样子一时半会儿修不好,要是继续等下去,站在这里会被人看到,咱们去对面吧!"

竹原向司机打了招呼,一边付车费一边回头看,只见波子已横穿马路,身姿亮丽,富于青春活力。

对面护城河尽头正前方是麦克阿瑟司令部,屋顶刚才还挂着美国国旗和联合国旗帜,现在都没了。可能方才恰逢降旗时刻吧。

而且,司令部上方的东边天空看不到一丝晚霞,薄云已高高散去。

波子的情绪容易波动,竹原了解这一点。他看到波子利落的身姿,觉得大概正像波子自己所说,"恐惧感的发作"或许已经消失。

竹原也来到车道这边并轻松地说道:"你横穿车流动作特别潇洒熟练!果然是舞蹈的节奏感啊!"

"是吗?你在嘲笑我吗?"

接着,波子稍显犹豫地说道:"我也嘲笑你一下怎么样?"

"嘲笑我?"

波子点点头,随即低下了头。

护城河中倒映出司令部正面的白墙,还有窗内的灯光。

但是,建筑物的白影浅淡模糊,片刻之后就似乎只有灯影留在水面了。

"竹原,你幸福吗?"波子喃喃低语道。

竹原转过头来,不言不语,波子红了脸。

"你现在不对我这样问了吧?以前你问过我好几次呢!"

"对,在二十年前吧。"

"你都二十年不问我了,所以这回我来问你嘛!"

"你就用这个嘲笑我?"竹原笑着说道,"现在即使不问也明白。"

"那你以前不明白吗?"

"那也是因为我明白才问的呀!对幸福的人就没必要问幸福不幸福了吧?"

竹原说着朝皇居方向迈开脚步。

"因为我觉得你结婚是个错误,所以在你结婚前和结婚后都这样问啊!"

波子点了点头。

"不过,那是在什么时候?西班牙的女舞蹈家来的那次,是你结婚后的第五年吧?我们在日比谷公会堂偶然相遇那一次。你的座位是在二楼前排的招待席,还有你的芭蕾舞伴,你先生也在一起。我在后边的座位,躲在远处。可是,你发现我之后,就大摇大摆地上来坐在我身旁,而且不再离开。我觉得这对你的先生和朋友不好,就劝你回到自己的座位上去。可你却说一定要坐在我身旁,这样你就会安静下来不说话,然后你坐在我身旁两个小时一动没动,对吧?"

"对呀!"

"真把我吓了一跳啊!矢木先生很介意,不时地抬头朝这边看,可你却不下去。当时我很困惑呀!"

波子忽然停下来,和竹原拉开一步距离站住了。

皇居前广场入口处立着的提示牌映入竹原眼中:

"这里是大家的公园。请保持清洁。"

"这里也是公园?已经变成公园了吗?"

竹原读过厚生省国立公园部的提示牌后说道。

波子望着广场的远处。

"我家高男和品子在战争时期还是年少的初中女学生,常从学校来这里运土和除草。孩子们说要去皇城前,矢木就叫孩子们用凉水净身呢!"

"当时的矢木先生就是那样吧。皇城现在也不叫皇城,改称为'皇居'啦!"

皇居上空的晚霞大部分已消退,灰色扩散开来,反倒是东边天空还残留着白昼的光亮。

但是,给皇居林梢勾勒轮廓的那抹青天尚未消失,现在泛出了铅灰色,显得更加深邃高远。

树林中有三四棵稍高的松树突显于那抹青天之上,在残霞中松树的姿影被描画成了黑色。

波子边走边说道:"天黑得更早啦!刚才从日比谷公园出来时候,议事堂的塔楼还是桃红色呢!"

那座国会议事堂此时已被暮色笼罩，顶部的红灯一闪一闪。在其右侧的空军司令部和总司令部的楼顶，也同样闪烁着红灯。

透过护城河堤的松树梢头，能看见总司令部窗内的灯光在闪耀，松树下依稀可见一对对幽会男女的昏暗身影。

波子似乎有些迟疑地停下脚步，那些煞风景的幽会者的剪影也进入了竹原的视野。

"这里太冷清了，咱们绕去对面路上吧！"

波子说完，他们又折返回来。

看见幽会的人影后，两人都觉得自己散步也像在幽会一般。

尽管说是竹原刚才送波子去东京车站，由于途中出租车发生故障而步行至此，但其实是波子打电话约他去日比谷公会堂听音乐会，所以从一开始两人就是在幽会。

不过，两人都已年过四十岁了。

讲述往昔也是讲述爱情，波子讲述生活中的烦恼也像是在倾诉爱情。如此长久的岁月曾在两人之间流逝，这段岁月既是两人感情的纽带，也是阻隔。

"你说你很困惑？为什么困惑？"波子回到刚才的话题问道。

"是的，当时……因为我当时年轻，对判断你的心思感到很困惑嘛！因为你把矢木先生晾在那里一直坐在我身旁，这可是相当大胆的行动呀！波子怎么会做出如此决然的事情呢？仔细想想，以前你就曾情绪激动，叫人害怕。我觉得可能就是那种情况,应该是吧。"

"刚才你自己说是'发作',但如果那时和刚才都是情感的发作,那也相差太大了吧?因为那时完全无视丈夫的人今天却对本来远在京都的丈夫如此恐惧……"竹原说道,"如果那时我偷偷把你带出公会堂一起逃走就好了吧?我当时还没结婚。"

"可我已经有孩子了呀!"

"不过,相比之下,我也许更是被你的所谓幸福这件事局限住了。那个时代我们年轻人都相信女性一旦结婚,就只能在婚姻中寻求幸福。"

"现在也是这样嘛!"

"也是,也不是。"竹原轻声而有力地说道,"但是,你当时可以离开矢木先生来到我身旁,也是因为你们夫妻幸福而和睦才能做到吧?因为你信赖矢木先生,对他完全放心,所以才任凭自己的感情这样放纵,不是吗?我也是这么想的呀!你只不过是看到我之后忽然感到亲切罢了。你来到我身旁,并没因此对矢木先生怀有愧疚感。尽管如此,你一直坐在我身旁不离开也很奇怪。你一句话都不说,我感觉我不能看你的脸,连头都没扭一下。当时我迷茫了。"

波子默默无语。

"矢木先生的相貌也让我感到困惑呢!因为他是那么温厚的美男子,看到他的人都很难想象他的夫人会不幸福。就算真的不幸福，也一定是夫人不好。现在也是这样吧？那是前年还是大前年，我租住你家独屋那阵。有一次你说没钱交电费，我把我的工资袋递给你，你立刻吧嗒吧嗒地掉眼泪，说工资袋还没打开，还说结婚后从没见过丈夫的工资……我非常惊讶。不过，当时我首先想到的也是怪你以前的做法不好。矢木先生看起来就是如此完美无缺。更何况以前你俩走在路上时，人们都会回头看呢。我虽然觉得你结婚从起初就错了，但依然问你是否幸福，就是因为我怀疑自己的眼睛嘛！你当时没回答，我觉得也是理所当然。"

"你不是也没回答吗？"

"我？"

"是啊！刚才我问过你的呀！"

"我们都很平凡。"

"有平凡的婚姻吗？骗人呢！每段婚姻都是不平凡的！"

"可是，我不像矢木先生那样不凡。"竹原岔开话题说道。

"那可不对！我的校友也大都是这样。并不是因为某个人不平凡，他的婚姻也就不平凡。即使是两个平凡的人走到一起，婚姻也会变得不平凡哦！"

"好厉害啊！"

"你又说'好厉害啊'。你什么时候开始老把这句话挂在嘴边？就像上年纪的人在故意打岔似的，不觉得烦人吗？"

波子轻柔地挑起眉头瞅了竹原一眼。

"每次聊起自家的事情,总是我在讲呢!"

波子默认竹原打岔成功了。

虽然她急于探询竹原的家庭情况,却始终没能踏进一步。

"那车没动,还在喷烟呢!"波子笑着说道。

月亮在日比谷公园上空升起,像是初三或初四的月牙。那道弯弓既不左倾也不右倾,端端地立在云间。

两人已来到护城河上。

他们望着水面的灯影停下脚步。

司令部正面窗内灯光映出的长长灯影在水面随波漂摇,右岸的排柳、左侧稍高的石壁和上面的松树也在那灯影旁投下昏暗的淡影。

"今年的中秋月是在九月的二十五号或二十六号吧?"波子说道,"这里的照片还曾上过报纸呢!就是司令部上空的满月,上面也有这样的灯影。照得那一排窗在水面也映出一条光带,上面还出现了一道光影,据说那就是中秋月的倒影。"

"你报纸照片看得那么仔细吗?"

"是的。虽然照片看起来像美术明信片,但还是给我留下了深刻的印象。而且还拍到了城堡一样的石壁和松树。相机可能就在那排柳树中间吧。"

竹原感觉到了秋夜的凉气,像催促波子似的抬脚前行并嘟囔道:"你对孩子也说这些吗?那样会使孩子变得懦弱啊!"

"变得懦弱?难道我就总是那么懦弱吗?"

"品子小姐也是一登上舞台就很要强,但如果今后像了母亲可就麻烦啦！"

两人过了护城河向左转。从日比谷方向走来一队巡警，身上只有皮带扣在反光。

波子让开路靠近竹原，几乎抓住他的胳膊。

"所以我希望你帮助品子，好好保护她呀！"

"先不说品子小姐，你呢？"

"我不是已经得到你很多帮助了吗？在日本桥有了排练室，也是托你的福。而且，现在你保护品子就等于是保护我啦！"

波子给巡警队列让开路后，继续挨着岸边排柳前行。

那些垂柳的窄叶几乎都还没落。

但电车轨道旁有两排法国梧桐树，这边还有刚刚发黄的叶子，而那边同样的树却已变得光秃秃了。这是因为在公园的树荫下吗？仔细观察，这边也是有的树叶子都快落光了，而有的树叶子还是绿色的。

竹原想起波子说过一句话：树也有各自的命运。

"如果没有发生战争的话，品子这会儿应该能在英国或法国的芭蕾学校跳舞吧？说不定我也能跟着去呢！"波子说道，"那孩子最重要的学习时期白白浪费了，已经无法挽回。"

"品子小姐还年轻，才刚刚开始。不过，你也考虑过那种逃脱的方式吧？"

"逃脱？"

"从婚姻中逃脱,离开矢木先生逃到国外。"

"啊,这……我只考虑品子的事情,打算要为了女儿而生存,现在也是这样。"

"那就是母亲逃进孩子之中的逃脱方法啊!"

"是吗?可是,我觉得我的方法更加激烈,好像有点儿疯狂呢!因为品子当芭蕾舞演员也是我自己未能实现的梦想。品子就是我呀!我们常常搞不清楚,到底是我成了女儿的牺牲品,还是我把女儿变成了牺牲品?不管是哪种都无所谓啦!我一旦开始考虑这种事情,就觉得看到了自己能力的极限,根本无能为力啊!"波子若无其事地低下头,"哎呀!有鲤鱼呢!有白色的鲤鱼呢!"

她大声喊着朝河里望去,并抬手拨开垂在面前和肩头的柳条。

两人来到日比谷的交叉路口,这里也是护城河的拐角。

在拐角的河水中,有一条白色鲤鱼纹丝不动。它既不上浮也不下沉,就悬在河水的中层。拐角处沉积了垃圾,只有这里能看到浅浅的河底,沉着许多落叶。但是,有一些法国梧桐的落叶,像那条鲤鱼一样悬在河水的中层纹丝不动。波子拂掉的柳叶散落在河面,淤滞的河水呈浅黄色。

竹原也借着司令部的灯光瞅了瞅鲤鱼,又立即后退一步,注视着波子的背影。

波子的黑裙从下摆开始收紧,勾勒出腰腿的曲线。

竹原从青春时代就看波子跳舞,也曾为这曲线心情激荡过。那种女性特有的曲线如今仍未改变。

可是,拥有这种曲线的波子却在观望夜晚护城河中的鲤鱼,竹原感到难以忍受,这算怎么回事儿?!

"波子,那东西你要看多久?"竹原严厉地喊道,"快别看了。你不能看那东西。"

"为什么呀?"

波子回头从柳树下返回步行道。

"就那么一条小鲤鱼也没人看嘛!可你却一直在看。"

"可是,就算没人看见、没人知道,这条鲤鱼就在这里嘛!"

"你就是这样的人,总能看到水中孤零零的鱼。"

"也许是吧。不过,在宽宽的护城河里,偏偏在行人多的拐角处,有一条鱼那样纹丝不动,你不觉得不可思议吗?经过这里的人都不会注意到它,我过后向别人讲这条鲤鱼,也会被当成胡编乱造吧?"

"那是因为看到的人自己就不太对劲儿。也许那条鲤鱼是为了让你看到而来,因为孤独而同病相怜吧。"

"是的。我看到,在鲤鱼对面的河中央立着木牌,上面写着'请爱护鱼'。"

"哦?那挺好。有没有写'请爱护波子'?"

竹原笑着观望水面,像是在寻找木牌。

波子也笑着说:"在那里哦!你连牌子也看不见吗?"

两人的旁边停下一辆美国的军用巴士,一对美国男女上了车。

刚才在人行道旁也停着一排美国的新型汽车,现在陆续开动起来。

"在这种地方看可怜的鱼,你这样可不行啊!"竹原又说道,"你该舍弃那种性格了。"

"是啊。就算为了品子呢。"

"也为了你自己……"

波子沉默了片刻,十分镇定地说道:"我们决定卖掉我家的独屋,不过不光是为了品子。因为以前曾租给你住过,所以在出售前向你打个招呼。"

"是吗?那让我来买吧。这样的话,如果将来你们还想卖主屋的话,也许更方便呢!"

"哎哟!你这是突然灵光一闪吗?"

"多有失礼。"竹原表示了歉意,"一时没忍住就抢先说出来了。"

"不。确实像你说的,早晚连主屋也会卖掉的啦!"

"到那时,主屋的买主肯定会介意独屋里住的是什么样的人嘛!虽说是独屋,可也是在宅院里面,说话声互相都能听到,那样主屋也许不太容易卖出去。如果我买下独屋的话,在你出售主屋时还可以一起卖掉。"

"这……"

"不过,既然只出售独屋,不如把四谷见附那座烧毁的宅院卖掉呢。那里只剩院墙,已经长满野草了吧?"

"是啊。不过,我想在那里为品子建一座舞蹈研究所呢!将来……"

竹原本想说估计不可能建成,却又转念道:

"倒也未必非在那里建不可吧?到了有条件的时候,还能找到更好的地方嘛!"

"那倒也是。不过,那块土地寄托着我和品子的舞蹈之梦呀!从我年轻、品子年幼时候,那里就住进了舞蹈的精灵。我总能看到那里有各种舞蹈的幻影。不能把那块土地交到别人手里。"

"是吗?那样的话,就不要单售独屋,干脆现在把北镰仓的别墅一起出售,然后在四谷见附建一座带研究所的宅院,怎么样?我估计这样能行。如果我的工作一直维持现在的状态,也多少能帮上忙呢!"

"我丈夫无论如何不会同意啊!"

"不过,那要看波子的决心啊。如果你的决心不够坚定的话,研究所就没那么容易建成。我觉得现在就是个机会呀!靠变卖东西过日子,最后什么都留不下。如果趁现在建一座有相当规模的研究所,听说很多人因为没有理想的排练室而困扰,因此还能让别的舞蹈家使用。这不是对品子小姐也有帮助吗?"

"这是不会得到同意的。"波子无力地说道,"就算我对矢木说了,他也会像往常那样只是貌似深思熟虑地'嗯'一声。我过去以为他真是个深思熟虑的人,谁知他只是说声'嗯,是啊',装出煞有介事的样子,其实是趁机有所盘算呢!"

"不会吧……"

"我觉得就是这样!"

竹原回头望着波子。

波子与他对视着说道:"不过,我觉得你也很奇怪哦!因为不管我提出什么问题,你都能当机立断,从来没迟疑过呢!"

"真是这样吗?大概是因为我对你没什么算计,或者因为我是个凡夫俗子吧。"

波子的视线没有离开竹原的脸。

"但是,你买了我家的独屋之后,打算怎么办?"

"怎么办呢?这我还没考虑过。"然后,竹原开玩笑似的说道:"当时我被矢木先生体面地赶出了那座独屋,这次如果我能买下的话,会住进那里去报复他吧。可是,矢木先生不会卖给我的吧?"

"那是矢木的事情了,也许他打过算盘,真会出人意料地出手呢!"

"矢木先生不是从来不打这些算盘吗?这些一直都是你的事儿吧?"

"是啊!"

"不过,也许正像你说的那样,矢木先生真会卖给我呢!因为他是个绅士,做梦都不会露出嫉妒的表情……如果矢木先生说不卖给我,那就会被人当成是在吃醋,这他不会愿意吧。但是,你们两人之间到底有没有嫉妒呢?虽然你们相互之间不露声色,可旁观者看到却感觉瘆得慌啊!像是暴风雨前的宁静……"

波子虽然沉默不语,但心底却有冷焰在颤动。

"我倒不是说,想买你家独屋是有所图谋。但如果我不时地出现在那里让矢木先生觉得碍眼,倒也挺有意思啊!我就想去剥掉他那正人君子的假面具……不过,在惹矢木先生嫉妒之前,似乎会让你吃到苦头。而且连我自己,再次出现在你两人身边,也做不到平心静气了吧。"

"不管你在哪里,我都会同样感到痛苦!"

"是为我而痛苦吗?"

"有啊!也有别的痛苦呢!就说刚才提的卖房建舞蹈研究所,虽然对女儿有好处,可高男会怎样呢?高男是个模仿力强的孩子,渐渐开始学他父亲的样子了。这从高男角度来讲,也许在所难免。因为我一心支持品子从事芭蕾舞,显得高男总是在姐姐的阴影之下。"

"你说的是啊!这确实得注意呢!"

"而且还有经纪人沼田,总是纠缠在我们四人中间搞离间计,甚至挑拨我和品子的关系……他想把我们搞得四分五裂,把我变成玩物,把品子变成赚钱工具。"

在这边河畔的柳树间,又出现一块"请爱护鱼"的木牌。在司令部的正前方,可能是因为窗口灯光太强烈,只有这片水面中对岸的松影和这边排柳的树影稍显清晰。

窗口灯光投映到对岸石壁拐角已变得微弱模糊,石壁上方闪现着幽会男子抽烟的星火。

"好可怕!那个,刚才过去的车上坐着矢木吗?……"

波子忽然又缩了缩脖子。

母亲的孩子　父亲的孩子

矢木元男领着儿子高男走出上野的博物馆。父亲在石头大门的中央停下了脚步。公园绿树忽地映入因观看古代美术品而疲倦不堪的双眼，使他不由得驻足而立。古代美术品尚存脑海之中，此时的自然景色使他感到耳目一新。

父亲嘴角浮起笑意，轻松地望着公园。高男从侧面望着父亲。

虽然父子俩长得很像，但儿子个头比父亲稍矮，身材略瘦。

儿子望着二十天没见的父亲，觉得他很了不起。

父子俩刚才在雕刻作品陈列室相遇。

矢木从二楼下来走进雕刻作品陈列室，高男就站在兴福寺的沙羯罗①像前。

①沙羯罗：也译作娑竭罗，佛教护法神"八部众"中"龙众"的龙王之一。

在矢木快要走近时,高男回头看见了父亲,他似乎有些难为情。

"爸爸回来啦?"

"嗯,我回来了。"矢木点了点头,"怎么回事儿?没想到会在这里碰到你啊!"

"我是来接您的呀!"

"接我?你居然能猜到我在这里呀!"

"爸爸在信上说要和博物馆的人坐夜班列车回来,所以我猜你到站后大概不会直接回家,可能顺路来博物馆。我上午就在家等着呢!"

"是吗?谢谢你。那信是什么时候到的?"

"今天上午。"

"刚好赶上?"

"可是,姐姐也是今天有排练课。她和妈妈出门后信才到家,所以她俩都不知道爸爸今天回来。"

"是吗?"

两人像要避免面对面似的望着沙羯罗像。

"我猜到爸爸会来博物馆后,还琢磨过能在哪里等到你呢!"高男说道,"我决定就在这沙羯罗像和须菩提①像前等你。我的想法不错吧?"

"嗯,确实不错。"

"爸爸每次来博物馆,离开前,都要来这兴福寺的须菩提

---

①须菩提:佛陀十大弟子之一。

像和沙羯罗像前站一会儿吧？"

"是的。在这里我会觉得头脑忽然清爽起来，心里的阴晦和凡浊都被涤荡一空。而且，好像所有的疲惫和紧张瞬间都缓解了，有一种说不出的温馨感。"

"我看到娃娃脸的沙羯罗那皱着的眉头，就觉得是不是跟姐姐和妈妈有点像呢？"

父亲摇了摇头。

矢木摇头，像是在说没那回事，但又立即和颜悦色起来。

"是吗？不管怎么说，高男感觉妈妈和品子哪里有些像天平时期的佛像，这可是很了不起呀！你要是把这话说给她们，两人也许都会变得温柔点儿呢！但沙羯罗不是女人。女人不会是这样的脸吧？沙羯罗是少年呀。东方的圣少年，威风凛凛，屹然挺立。天平时期的奈良人们都认为有这样的少年啊！须菩提也是一样。"

"是的。"高男点了点头，"我刚才为了等爸爸，在沙羯罗像和须菩提像前站了挺长时间，就觉得他们好像有点儿哀伤……"

"嗯。这两尊都是干漆造像。干漆这种雕刻材料可能便于佛像师做出抒情性的处理吧？天真少年的造像也透出日本式的哀愁。"

"姐姐也是上眼皮爱动，还常常皱眉，那种哀愁的眼神和这尊像很相似呢！"

"是吗？不过，皱眉头是佛像的一种标准啊！还有与沙羯罗同属八部众①的阿修罗②的像，以及和须菩提同属释迦十大弟子的诸佛的像，也都是皱着眉头。而且，沙羯罗像虽然被制作成可爱的少年形象，可他是八大龙王之一，其实是龙。沙羯罗护持佛法，拥有无敌的力量，是海龙王。这尊像也蕴含着那种力量。你看他肩上缠绕的蛇在他头顶挺起脖子了吧？不过，这种造型亲和力强，观众可以安心地接近，就会觉得和某个人很像。然而它看似很写实，却是永恒理想的象征啊！在惹人疼爱的天真烂漫中，蕴含着澄净的博大，沁人心扉的宁静之下有着不竭的动力。遗憾的是，咱家的女人们智慧深度比不了啊！"

两人从沙羯罗像的面前走到须菩提像面前。须菩提像以更加淡定自若的姿态伫立着。

沙羯罗立像高五尺一寸五分③，须菩提立像高四尺八寸五分。

须菩提像身披袈裟，右手牵着左袖口，脚穿木底草鞋，谦恭而又稍显落寞地静立在石座上。在那凡俗之人里常见的清纯温良的光头与童颜中，蕴含着令人怀恋的永恒。

矢木默默地离开须菩提像前，然后走向正门厅。

突出的正门厅两侧巨大的石柱，仿佛强劲有力的画框，

---

①八部众：一般指天龙八部。
②阿修罗：佛教六道之一。
③尺、寸、分：日本传统长度单位，1尺约等于0.303米，1尺=10寸，1寸=10分。

将博物馆前院和上野公园嵌入其中。

看到父亲伫立在石头正门中央的花岗岩地板上,高男发现他作为日本人并不显得那么寒酸,这似乎非常罕见。

"京都连续举行了考古学会和美术史学会,我很幸运地都出席了。"

父亲说完慢慢地撩起长发,戴上了帽子。

虽说矢木在京都出席了考古学会和美术史学会,但也只是参观了学会举办的个人藏品展而已。

他既不是专业的考古学者,也不是美术史学者。

他也曾把考古学的参考品当作古代美术品来观赏,但他是大学国文学科出身,可算作是日本文学史学者吧。

在战争时期,他撰写了《吉野朝的文学》一书,作为学位论文提交给当时举办讲座的私立大学。

古代南朝①的人们战败后流落到吉野山等地,依然维护、传承和向往王朝的传统。翻查着王朝的文学和史实,写到南朝天皇们对《源氏物语》的研究,他潸然泪下。

矢木走访了北畠亲房②的相关遗迹,还沿着写下《李花集》的宗良亲王的流浪之路走到信浓③。

根据矢木的看法,圣德太子治下的飞鸟文化和足利义政

---

①南朝:日本南北朝时期的吉野朝廷。
②北畠亲房:日本南北朝时代前期公卿,《神皇正统记》的作者。
③信浓:今长野县。

治下的东山文化这些自不必说，就连圣武天皇时期的天平文化和藤原道长时期的王朝文化也绝非诞生于和平时代。往往正是在世人纷争的大潮中，能绽放出古典美的浪花。

矢木开始看到藤原时代的黑暗，是在学习了原胜郎博士的《日本中世史》之后。

另外，矢木正在撰写关于"美女佛"的研究文章，有多处地方受到矢代幸雄博士著作《日本美术的特质》等书中相关美学的启示。矢木想把"美女佛"命名为"东洋的美神"，可这样会太过近似于矢代博士。而且比起"神"，矢木更愿意使用"佛"的说法。

由于日本战败，矢木觉得"神"这个词让他自己遭到了噩运，并伴随了自己的某种愧疚感。《吉野朝的文学》如今也成了悲叹战败的书籍，自不必说，书中是以日本的传统审美观，将皇室看作了神。

矢木所谓"美女佛"主要指观音菩萨。不过除了观音菩萨之外，还不拘一格地加进了弥勒、药师、普贤、吉祥天女这类具有女性特征的美丽的佛教形象，尝试从这些佛像和佛画中探索日本人的心灵和审美。

由于矢木既不是佛教学者也不是美术史学者，所以任哪方面来说，他的学识都尚浅，但"美女佛"倒可能成为别具一格的日本文学理论。矢木觉得，就文学理论而言，自己完全游刃有余。

作为国文学者，矢木也许是这个领域里博学多识的人物。

一介穷书生出身的矢木刚和波子结婚时,连女学生都很喜欢的中宫寺观音像都知之甚少,甚至没去京都广隆寺看过弥勒像。他未观芜村①画作而学芜村俳句,虽出身于大学国文学科,在日本文化方面却不如女学生波子学养丰富。

"名古屋的德川家在展出《源氏物语绘卷》,可以去看看呀!"

波子曾经这样说,并叫来阿婆拿出路费。波子的阿婆为她管账。

矢木感到了彻骨的羞耻和懊悔。

博物馆正在举办南画(日本文人画)名作展览。

那里自然也展示着矢木曾学其俳句却不知其画作的芜村的南画。

"二楼的南画展看了吗?"矢木向高男问道。

"我只是走马观花看了一遍。因为我不确定爸爸什么时候去佛像那里,惦记着这个就没仔细看别的。"

"是吗?那太可惜啦!今天我约了别人见面,恐怕时间不够了吧?"

父亲从胸前衣袋里掏出怀表看了看。

这是伦敦的史密斯公司制造的古式银表,稍摁一下侧面突出的按钮,它就在矢木的衣袋里报出了三点钟的时间。随后又发出两组双音,每组双音表示一刻钟,通过鸣响可以得

---
① 与谢芜村:日本江户时代的俳人、画家。

知现在是三点半左右。

"这种怀表,送给宫城道雄先生那样的盲人非常方便呀!"

矢木常常这样讲。这种表的发音报时功能在夜晚黑暗中和枕边尤能发挥作用。

他有一块带闹钟的怀表。高男曾听父亲说过,他去参加别人的出版庆祝会,有人即席讲话说得正起劲,他衣袋里的怀表刚好嘀嘀嘀地叫起来,实在太有意思了。

现在高男又听到了父亲胸前衣袋里宛如小八音盒般稚嫩的奏鸣,便非常高兴能等到父亲。

"我以为你会从这儿直接回家呢!是不是还要顺路去别的地方呀?"

"嗯。因为我在夜行列车上睡得很好呀!不过,高男一起去也行。有个教科书商说,想在国语教科书中加入我写的关于平安朝文学与佛教美术间交流的小文章。反正已经商量好,省略掉专业性的内容,搞成通俗性的美文就行!另外,还要指定插图。"

矢木走下正门厅的石阶,望着鹅掌楸的落叶。

在石造的正门厅近旁只有这棵壮观的鹅掌楸,大大的叶片酷似槲树叶。顶着深黄色的树冠,如老年王者般伫立,仿佛君临宽广的前院。

"我想,我写的文章,即使删除了这部分内容,也能让人对藤原时期的美术有所感受,有助于人们阅读藤原时期文学。"矢木继续说道,"芜村的画作怎么样?高男也是在国语课上学过芜村的俳句,但没看过芜村的画作……"

"是的。我喜欢华山呢!"

"渡边华山①吗?是啊!不管怎么讲,南画方面池大雅②是个大天才。但是,华山对于现在的年轻人来说吧……在那个时代,华山引入了西方艺术,这种强烈的好奇心和全新的努力……"

然后,矢木在走出博物馆正门厅时说道:"那个,还能见到沼田呢!就是品子的那个经纪人……"

父子俩乘坐中央线来到四谷见附。

他们等待汽车通过,准备横穿车道前往圣依纳爵教堂方向。

这时,高男颤抖着眉头说道:"我讨厌那个经纪人,简直无法忍受。他要是再对妈妈和姐姐不规矩,我就找他决斗。"

"决斗未免太过激啦!"矢木温和地微笑着说道。

但是,父亲望着儿子的脸心想,这究竟是如今青年特有的表达方式,还是高男性格的外露呢?

"我说真的哦!如果不以命搏命的话,那种人是不会知道痛的嘛!"

"如果对方是无足轻重的人,你那样不就毫无价值了吗?还是自己的命宝贵呀!沼田很胖,肉很厚,高男你的胳膊那

---

①渡边华山:日本幕府时代末期藩士、画家。
②池大雅:日本江户时代书法家、文人画家。

么瘦，就是抡起小刀也拼不过呀!"父亲朝他笑了笑。

高男做了个端起手枪瞄准的姿势。

"我用这个去呢?"

"高男，你有手枪吗?"

"我倒是没有。不过，那玩意儿随时都能找朋友借嘛!"

儿子满不在乎地回答，这使父亲感到不寒而栗。

高男平时喜欢模仿父亲，看上去老实温顺。难道在他内心也潜藏着和母亲性格一样的火种，会不时病态地燃烧起来吗?

"爸爸，咱们过去吧!"

高男厉声催促，说完两人就突然从新宿方向开来的出租车前快步跑过。

身穿制服的女学生两人一组、四人一群，微微低头走进圣依纳爵教堂。

她们是马路对面双叶学园的女生，也许是在放学归途中去做祷告。

矢木走在外城河堤下，望着教堂的墙壁。

"新教堂墙上也映着古松的影子呢。"矢木平静地说道，"这座教堂，去年沙勿略①的传人来过吧。四百年前，方济各·沙勿略在进京途中也从街边日本松的树荫下走过吧？当时京都已成为战乱之城，足利义辉将军也落荒而逃。沙勿略曾力图拜谒天皇，那当然不可能得到准许啦！他在京都只逗

---

①沙勿略：最早来东方传教的耶稣会士。

留了十一天就返回长崎的平户了。"

映出松影的教堂墙壁,已被夕阳染成了浅桃红色。

相邻的上智大学的红砖墙上,也洒满了夕阳的余晖。

他们走进前方的幸田屋,被领进最里边的房间。

"怎么样?环境很安静吧?这里在改为旅馆之前,是一个钢铁暴发户的家。那位诺贝尔奖获得者汤川博士,也在这个房间投宿过。他从美国坐飞机回来的时候和坐飞机去美国的时候,都投宿这家旅馆……游泳选手古桥他们往返美国时,也在这里集训过。"

"妈妈不是也常来这家店吗?"高男说道。

汤川博士和古桥选手是战败的日本的光荣和希望,像他们那样的大红人往返美国时都在这里住过。矢木以为年轻学生应该会为此心情激动,可高男却似乎并没多大反应。

矢木进一步说明道:"在到这个房间之前,还经过一间大屋子吧?那是打通两个房间用作了汤川博士的会客厅。当时有各种人物涌过来,所以要避免他们进入这间起居室。可是,报社的摄影组不知从哪儿钻进院子,趁人不注意偷拍他在公众视线外的样子。所以,汤川先生分分秒秒都不能放松。据说,为了防止摄影组进来,这里派了两个女佣守卫,晚上还在院子两头值班,被蚊子叮得叫苦不迭。当时是夏天嘛。"

矢木把视线转向庭院。

这个院子里种的都是竹子,有大名竹、布袋竹、寒竹、方竹等,角落里可见一座稻荷神社的红色鸟居。

这个房间的名称也叫"竹间",顶棚是用煤竹制作的。

"汤川博士到这里时,旅馆的女主人正生着病。不过,她躺在床上还在操心,叮嘱说汤川博士时隔多日回到日本,要为他焚上好香。牵牛花也开了,若是院树上有蝉鸣就好了……"

"啊……"

"'若是院树上有蝉鸣就好了',这话说得有趣啊!"

"啊……"

其实,高男以前就听母亲这样说过。因为父亲所讲似乎是照搬自母亲,因此作为儿子难以表现得兴趣盎然。

高男环视屋内说道:

"这房间确实不错啊!妈妈现在也经常来吧?好奢侈呀!"

父亲背对壁龛的吉野圆木立柱舒心适意地坐下,随即点了点头。可他避开高男的话头,接着前边继续讲。

"好像还有蝉鸣呢!'此番回东京,再宿幸田屋。最解乡愁是蝉鸣,庭前花木深。'这是当时汤川博士吟咏的和歌。汤川先生很早就通晓和歌。"

接下来的晚餐费也赊在了波子的账上。最近,高男对父亲的这种做法也颇有责怪。

矢木轻松地说道:

"你妈妈和这里的女主人交情深厚,哦,就是好朋友嘛!品子要想登上舞台,这也会有所帮助吧。"

教科书出版社的总编来了。

矢木在介绍自己的文章之前，先呈示了关于藤原时期的佛教美术的照片。

"这些照片都是我找人拍摄的，上面有我的个人见解。"

矢木挑出高野山的《圣众来迎图》、净琉璃寺的吉祥天女、博物馆的普贤菩萨、教王护国寺的水天、中尊寺的一字金轮佛顶尊、观心寺的如意轮观音等照片，摆在桌子上刚要说明，却又道：

"对了，来一杯淡茶吧！我都染上京都的毛病了……"

他把河内观心寺的秘藏佛像和如意轮观音的照片拿在手上，不知是对总编还是对高男说道："关于这尊佛像……清少纳言①也在《枕草子》中写过，如意轮观音以手托腮，悲悯众生心中之苦。世人无所知，可悲可惭……她确实准确地捕捉到了作品的内蕴，所以我在文章中也有引用……"

接着，他直对着高男说道："刚才在博物馆看到沙羯罗和须菩提了吧？像奈良的佛像那种很纯洁的人物写实风格，在藤原时期就变得如此妖艳，能感受到人的肌肤温度、尘世气息，但并未失去神秘感。虽说这堪称女性美的最高象征，但是，膜拜这样的佛像，让人感觉藤原的密教就是女性崇拜啊！奈良药师寺的吉祥天女画和京都净琉璃寺的吉祥天女像虽然相似，但仔细比较仍能明显感受到奈良与藤原两个时期的区别。"

---

①清少纳言：日本平安时代女作家，代表作是随笔集《枕草子》。

然后，矢木把折叠皮包拉过来，取出净琉璃寺吉祥天女像和观心寺如意轮观音像的彩色照片向总编建议，既然佛像上依然保留着如此鲜艳的色彩，那么可以在卷首加入彩印插图。

"是啊！彩图与先生的美文相映生辉，效果一定不错吧？"

"哪里。我浅稚的文章还没确定采用……先不提是否采用我的文章，我希望在日本的国语课本卷首至少要有一幅佛像插图啊！哪怕不像西洋教科书中都有圣母玛利亚插图那样……"

"我当然是因为想得到先生的大作，才会这样觍着脸来见你。可是，这尊佛像名气太大了，如今的学生是不是都在哪里看过照片了？"总编有些犹豫，"先生正文页中的照片，我会按照先生的意思办。"

"我对文章倒不在意，只是希望在卷首能有一幅佛像照片。如果看不到日本的传统美，哪里还谈得上什么国语啊？"

"从这个意义上讲，请先生务必把论文……"

"倒也算不上什么论文。"

矢木又从折叠皮包里取出杂志剪报递给总编。

"这是我在回来的夜行列车上整理的，删除了烦琐的部分。你过后看看是否适合教科书用吧？"

矢木说完呷了一口淡茶。

女佣告知沼田来了，矢木把茶杯翻过来看看，依然低着头说："请吧。"

沼田上身穿着双排扣藏青色西装，挺正式的，可腆着肚子，连鞠躬都很费劲。

"哎呀，先生，您回来啦！恭喜您家小姐又登台了。"

"哦，谢谢。波子和品子一直承蒙你多方照料。"

沼田说"恭喜"用的是在剧场后台对艺人讲话的腔调。

沼田所说的"恭喜"是指品子哪次登台演出呢？矢木在京都期间并不知道女儿在哪里跳什么舞，便只静静地翻转自己面前的茶杯观赏。

"这个茶杯也像个出挑的美人哪！往后天气会越来越冷，如此温润美女般的'志野烧'茶杯可真堪称尤物呢！"

"就像波子夫人呀，先生！"沼田毫无笑容地说道，"那么，先生，您这次去京都捡漏又捡到什么名品了吧？"

"没有。我觉得捡漏这种事很无聊，而且对古董毫无兴趣。"

"确实，应该说是名品在等先生……对啦，其实就是名品在破烂堆里闪着光等先生垂青赏识呢！"

"哦，不会有那等事儿啊！"

"是的，可遇而不可求嘛！像品子小姐可是一二十年也难遇的名品呀！先生，最近我常说，品子小姐是名品。如今，名品的光芒越来越耀眼了。再过不久，《妇人杂志》的新年号就要发行，届时请先生垂览。我在卷首照片位置各种推荐品子小姐的照片成功了。她会是五一年值得期待的新人呀！而且芭蕾舞会越来越流行……"

"谢谢。可是，如果过度包装，被像商品一样对待……"

"这方面不劳先生吩咐，因为有母亲陪伴身边。"沼田不容置疑地说，"小姐名字叫品子，称为'名品'多顺口呀！我真想请先生早些看到新年号的照片呢！"

"是吗？说到卷首照片，我们刚刚谈过这事儿。"

矢木说完向教科书出版社的北见介绍了沼田。

女佣进来提议晚餐前先去沐浴。

沼田和北见都以容易感冒为托词婉拒了。

"那我失陪，去冲洗一下坐夜车的一身尘土。高男，你不去吗？"

高男跟着父亲去了浴室。

父亲看到了台秤，问道："高男，你体重多少？好像瘦了些吧？"

高男光着身体站在台秤上。

"我不到一百斤，刚好。"

"那不行啊！"

"爸爸呢？"

"我看……"矢木与高男换了位置，"一百一十五斤。这几年都是这样，变化不大。"

这时，父子俩在台秤前赤裸着白皙的身体，近距离面对面，儿子忽然拉开距离，像是难为情，又带点悲伤。

父子一同进入长洲浴盆，肌肤相触。

高男先从浴盆里出来，坐在淋浴头前洗脚。

"爸爸，沼田纠缠妈妈很长时间了，以后还要看着他去纠缠姐姐吗？"

父亲把头枕在浴盆沿上闭着眼睛。

高男没听到父亲回应,于是抬起头来,只见父亲的长发虽然依旧乌黑,但头顶中央已开始脱发。他发现,额头发际线后移的父亲似乎又开始谢顶了。

"爸爸为什么要和沼田会面?今天刚从京都回来……"

高男本想说爸爸还没回家就和他……而沼田明明总是不把爸爸放在眼里。

"我来接爸爸,还在博物馆里见面,非常高兴。可爸爸却叫来了沼田,让我特别失望。"

"唔……"

"我从小时候就觉得妈妈会被沼田夺走,太可恨了!我经常做噩梦,梦到被沼田追赶,甚至险遭杀害的情景。这些我都不会忘记。"

"嗯……"

"姐姐和妈妈一起学芭蕾舞,所以也被沼田收了。"

"不是你说的那么回事儿。你的看法太偏激了。"

"没有。难道爸爸不清楚吗?沼田为讨好妈妈,不知怎样千方百计取悦于姐姐呢!诱使姐姐崇拜香山先生也是沼田的手段吧?"

"香山?"矢木在浴盆里转身问道,"香山君现在做什么,你知道吗?"

"我不知道。可能再没登台演出,一直看不到他的名字。

恐怕是缩在伊豆不出来了呢!"

"是吗?我还想向沼田问问香山君的情况。"

"香山先生的情况问问姐姐不就行了吗?再说还可以问妈妈……"

"嗯……"

高男又进了浴盆。

"爸爸不冲洗一下吗?"

"哦,懒得冲了。"

矢木靠边给高男腾出空间。

"今天上学了吗?"

"只去上了两节课。不过,可以就这样上大学吗?"

"虽说是大学,但现在是新学制,年龄和原先的大学预科一样吧!"

"让我工作吧!"

"是吗?……你别光在浴盆里有能耐嘛!"

矢木笑着说完,从浴缸里出来擦拭身体。

"高男你有个特点,对人要求过高了。例如对沼田,有的要求应该,有的就不应该。"

"是吗?对妈妈和姐姐也是这样吗?"

"你这是什么话?"

矢木遏止了高男的话锋。

父子俩返回"竹间",沼田抬头望着矢木。

"我和这只被先生称作'美人'的茶碗相伴多时啦!其实,先生,那边的教堂,就是圣依纳爵教堂吧?我有次顺便进去瞧了瞧,从天主教堂里出来又喝了杯淡茶……"

"是吗?可是,天主教和茶道以前就很有缘分啊!比如说,'织部灯笼'又叫作'切支丹灯笼'吧?"

矢木说着坐了下来。

"按照古田织部的趣味,在灯笼柱上雕刻怀抱基督的玛利亚像。还有据说是那个切支丹大名高山右近制作的茶勺。上有铭文'花十',读作'花久留子',就是花十字架。"

"花十字架?真不错呀!"

"高山右近喜欢坐在茶室里向基督教的神祈祷。茶道的清净与和谐让右近成为品位高雅的人,也引导他敬爱上帝、发现主的美好。外国传教士也写过这种内容呢!耶稣教传入日本时,在大名和堺市的商人中盛行茶道,传教士也被招待到茶席上。大家同堂跪坐,一齐心怀感恩向神祷告。他们在发回本国的传教报告中,详细地记录了茶道的场景,甚至还有茶具的价格……"

"原来如此……最近天主教和茶道又开始盛行。先生居住的北镰仓,就是关东地区的茶都呀!波子夫人曾经这样说过。"

"是吗?去年和沙勿略的传人同来的什么大主教,也在京都受邀参加了茶会。据说,当他看到茶道与弥撒有很多相似的仪式时,感到非常惊讶呢!"

"哦……那位跳日本舞的吾妻德穗女士也成了天主教信徒,下次会表演'踏绘'①。怎么样,先生也来观赏吧?"

"是吗?在长崎?"

"是长崎吧?"

"想必是用舞蹈来表现过去与踏绘相关的殉教事件。可前些年因为一颗原子弹,浦上的天主教堂就被无情地炸成了废墟。据说长崎市死了八万人,其中大约三万人都是天主教徒。"

矢木说完看了看教科书出版社的北见。

然而北见默不作声。

"听说,那边的圣依纳爵教堂在某个方面算是东洋第一呢!不过,我还是喜欢长崎大浦的天主教堂啊!最古老的国宝级教堂,彩绘玻璃也非常好。那里远离浦上,幸免于原子弹的破坏。但我去的时候,屋顶依旧破损严重。"

店家开始上菜了,矢木把归拢在桌边的佛像照片收进提包。

"不过,先生还是对佛像更偏爱吧?先生以前让波子夫人跳过的《佛手舞》真好呀!那支舞蹈组合了各种佛像的手势,呈现了丰富的表情。"沼田仔细观察矢木的表情。

"我是想请波子夫人重登舞台呢,先生。"

"我刚才想起《佛手舞》,那可是很好的例子。不过,还

---

①踏绘:德川幕府时期为了禁教而强迫民众踩踏圣母像以甄别基督教信徒的活动。

是得波子夫人这个年龄才行，品子小姐还不适合表现那支舞蹈深刻的宗教内涵。"

沼田喋喋不休，矢木冷淡地嘟囔道："西洋舞蹈充满了青春活力，与日本舞蹈完全不同。"

"青春？所谓'青春'也要看怎样解释呢！波子夫人是青春已逝还是青春依旧，先生应该最清楚吧？"沼田接着冷嘲热讽似的说道，"或者说，葬送还是发挥波子夫人的青春活力，不都取决于先生吗？连我都知道波子夫人有颗年轻的心，而且身体状态方面，只要去日本桥的排练室看看……"

矢木转头为北见斟酒。沼田也喝了一口酒。

"总是让波子夫人为孩子们排练就太可惜啦！如果她能亲自登台表演，学芭蕾舞的弟子数量也会猛增。这对您家小姐也大有益处，所谓'母女舞姬'，宣传效果更好，有时候筹办演出也方便呀！我曾对波子夫人提过这事儿，还想拍些母女俩同台跳舞的照片，结果却被推掉了。"

"还算有自知之明嘛！"

沼田反驳说："登台表演的人都是没有自知之明的吗？"

从外边传来圣依纳爵教堂的钟声。

"其实，我以为今晚难得被先生叫来，就是为了谈波子夫人花开二度的事情，所以劲头十足地跑来了呢！"

"哦？是吗？"

"因为我想象不到，先生还有别的什么重要事情。"沼田疑惑地眯起大眼睛说道，"你就让夫人跳舞吧，先生。"

"波子对你这样说过吗？"

"是我正竭尽全力地鼓动夫人呢。"

"真是添麻烦呀！不过，就算四十岁的女人能登台，你看，到下一场战争也没多长时间了。"

矢木含糊其词地说完，就开始和北见谈起别的话题了。

晚餐的菜单上写着凉菜拼盘有甲鱼冻、乌鱼子、柿卷，刺身有鲕鱼、鲜贝柱，汤是粟麸白果味噌汤，烧烤是酱烧鲳鱼，蒸煮菜是蒸鹌鹑，焯水凉菜只有芋芽和黑皮菇，还有摆在大餐台上的鲷鱼什锦火锅。

沼田打招呼告辞，矢木看了看怀表。

"这就是先生说的那块怀表吗？时间不准吧？"

"我带的表从来没有错过一分钟。"

矢木随即打开了旁边的收音机。

"以上是今天的《左邻右舍》节目。本月的作者是北条诚。"

矢木让沼田看自己的怀表。

"正好到七点报时。"

"接下来播送新闻。"

沼田关掉了收音机。

"朝鲜啊……先生，斯大林说过自己是亚洲人，还说过不要忘记东方呢。"

四人同坐一辆车离开了幸田屋。北见在四谷见附站前下了车。

当汽车从赤坂见附到国会议事堂前时,矢木对沼田说:"刚才你说波子花开二度,那香山君怎么样?他不能复出吗?"

"香山?让那个废人复出吗?"

沼田摇了摇头。他太胖,因此其实只是慢慢地动了动。

"说他是废人太残酷了吧?他现在干什么呢?"

"唉,作为舞蹈家已经是废人一个了吧?听说他在伊豆乡下当旅游车司机呢。这是风言风语啊,我不知真假。像那种遁世之人,咱们还是别去招惹吧。"沼田接着又转头说道:"品子小姐已经不和他交往了吧?"

"是的。"

"可那谁知道呀?!"高男话中带刺地插嘴道。

沼田针锋相对地说道:"那可不行。高男你也要好好劝她一下。"

"姐姐有她的自由吧?"

"登台表演的人没有自由啊。特别是正处在关键时期的年轻人。"

"极力让我姐接近香山先生的,不正是沼田先生吗?"

沼田没有应答。

汽车沿着皇居护城河驶向日比谷。

矢木像忽然想起似的说道:"对了,我在京都的旅馆里看摄影杂志,发现竹原君公司的相机广告上用了品子的照片,那也是你操办的吧?"

"不是。那是竹原住在你家独屋时的旧照片吧?"

"是吗?"

"竹原他们公司经营相机和望远镜,好像生意挺兴隆呢!可不可以让他在相机广告里多多使用品子小姐的照片呢?"

"那太过火了。"

"这种时候不就该做得过火些吗?只要波子夫人向竹原打声招呼……"

"波子已经不和竹原交往了吧?"

"是吗?"

沼田忽然就此打住。

汽车从日比谷公园背街拐角左转,驶过皇居护城河。

就是在这里,波子和竹原坐的汽车出了故障,波子忽然对本应在京都的矢木感到恐惧。这还是五六天前发生的事情。

沼田在东京站告辞离去。矢木乘坐横须贺线,直到品川站都沉默不语,然后就睡着了。到达北镰仓站时,高男才把他摇醒。

月亮在圆觉寺门前的杉树林梢头升起。

父子俩背对着月亮,走在轨道旁的小路上。

"爸爸,看样子您很累呀!"

"嗯。"

高男把父亲的提包换到左手并靠近他。

月光穿过站台边的栅栏,在小路上投下长长的影子。走过这段路后,路旁人家篱笆的影子反过来投在轨道一边。小路越来越窄。

"每次来到这里就有回家的感觉了!"

矢木暂时停下脚步。

夜晚的北镰仓,仿佛山中的幽谷。

"妈妈怎么样?又说要卖什么东西了吗?"

"这……我不清楚。"

"她不知道我今天回来吧?"

"是的。爸爸寄给我的信是今天上午送到的,我把信揣兜里就出来了……要是在幸田屋提前打个电话就好啦。"高男闷声闷气地说道。

父亲点点头说道:"哦,没关系啦。"

两人走进小路右侧的隧洞。一道山梁犹似伸出的臂膀,打通隧洞即成捷径。

两人走在隧洞中,高男说:"爸爸,有人提议在东大图书馆前建一尊阵亡学生纪念像呢。可学校当局不可能准许呀。我先前想一见了爸爸就要说说这事儿。那尊雕像已完成,应该会在十二月八号举行揭幕仪式。"

"哦?这我好像以前就听说过嘛……"

"我说过。还搜集了阵亡学生的手记,出版了《向着遥远的河山》和《听,海神的声音》,还拍了电影呢!为了表现'永不重现海神的声音'的寓意,纪念像应该也会命名为'海神之声'。这和'不许重演广岛惨剧'有相通之意,是和平的象征,满含悲伤和愤怒。"

"哦？那学校当局的意向呢？"

"听说会禁止。日本阵亡学生纪念会捐赠的雕像，校方不予受理，理由是这尊雕像面向的不止东大学生，还有普通学生和大众。按照东大迄今的成规，校园里设立的纪念像，仅限于在学术和教育方面功劳巨大的人物。不过，可能还有一个原因，就是这尊雕像的影响过于深刻，所以得不到准许吧。它的象征意义会随着时局的发展而变化，如果再次出现学生出征的话，大学校园里立着这尊具有反战倾向的阵亡学生雕像，会使校方感到困扰吧。"

"嗯……"

"但是我觉得，在作为阵亡学生灵魂故乡的校园里竖立墓碑更为合适。听说，这样的纪念碑在牛津大学和哈佛大学也有呢。"

"嗯……高男心中已经树立起阵亡学生的墓碑了啊。"

隧洞出口处有山上的水滴落下。从前方传来欢闹的舞乐声。

"真下功夫呀。每天晚上都练习吗？"

"是的。我先回去说一声。"

高男说完就向前跑去，径直跑到上面的排练室。

"我回来了。爸爸回来啦。"

"爸爸？"

波子正要在排练服上披外套，忽然脸色苍白，险些跌倒。

"妈妈、妈妈!"

品子赶紧扶住波子。

"妈妈,你怎么啦?妈妈……"

她搀着母亲朝墙边的椅子走去。

波子紧闭双眼,无力地把头靠在身旁的女儿胸前。

品子用外套裹住母亲的身体,左手贴在母亲的额头。

"这么凉!"

品子穿着黑色紧身服和芭蕾舞鞋。排练服也是黑色的,喇叭形的短下摆,双腿完全露出。

波子穿的是白色紧身服。

"高男,关掉唱机……"品子说道,"都是给高男吓得嘛。"

高男也观察着母亲的脸,说道:"我没吓她呀。不要紧吧?"

他说完看看品子。姐姐那双眉紧锁的样子,让他想起兴福寺沙羯罗像的眉头。真的很像。

品子把头发紧紧束起,用丝带扎住。姐姐和母亲都没化妆,这是因为排练会出汗。

品子玫瑰色的脸颊刚才由于惊吓变得煞白,泛着晶莹剔透的光泽。

波子睁开了眼睛。

"已经没事儿了。谢谢。"

她刚要挺胸起身,品子抱住她说:

"再休息一会儿……我给你拿葡萄酒吧?"

"不用了。给我拿一杯水。"

"好的。高男,去拿杯水来。"

波子用手掌擦擦额头和眼皮,坐直了身体。

"刚才我正在跳'挥鞭转'接'阿拉贝斯克'(迎风展翅站立)吧?高男猛地闯进来,我就突然头晕起来。有些轻微贫血啊!"

"现在好些了吗?"

品子把母亲的手贴在自己胸口。

"连我都心跳得这么厉害呢!"

"品子,去接接你爸爸。"

"好的。"

品子观察了一下母亲的面色,随即麻利地在排练服外套了条西裤,又罩上一件毛衣,再解下丝带,用手指把头发散开。

在刚才高男先跑回家之后,矢木继续缓缓前行。

在穿过隧洞的山梁上,矗立着群生的细高松树。刚才悬在圆觉寺杉树梢头的月亮,已经升到这片松林上空。

声称要与沼田决斗的高男,和极力赞同设立阵亡学生纪念像的高男,两者是统一的,还是分裂的呢?父亲深感不安,步履也沉重起来。

矢木现在的居所是波子娘家以前的别墅,没有像样的院门。入口处的小山茶树已经开花。

芭蕾舞排练室位于主屋与独屋正中间,坐落在铲平后山岩石形成的小高台上,势如君临主屋之上。现在,主屋和独屋里都亮着灯。

"就好像咱家用电都免费似的!"矢木嘟囔道。

夜醒与觉醒

矢木从京都回家后第二天的早餐,只有男主人面前摆上了带壳煮的伊势龙虾。可矢木却没动手。

"你不吃龙虾吗?"波子问道。

"嗯……我嫌麻烦。"

"嫌麻烦?"

波子露出讶异的神情。

"我们昨天吃过了。这是剩下的,对不起。"

"嗯……我嫌剥壳麻烦。"

矢木说完俯视着伊势龙虾。

波子轻轻一笑说:

"品子,帮你爸爸剥一下龙虾壳嘛!"

"好的。"

品子用自己筷子的另一端，把龙虾肉从壳里顶了出来。

"手法真熟练呀。"矢木望着女儿的动作说道，"虽然连壳嘎巴嘎巴地嚼着挺痛快……"

"叫别人剥壳，吃起来怪乏味的吧？好啦，壳去掉了。"品子抬头说道。

矢木的牙齿还不至于咬不动龙虾壳，而且，即使不必有失文雅地嘎巴嘎巴地嚼……用筷子挑也不难。可矢木却说嫌剥壳麻烦，这让波子感到纳闷。

难道会是因为年纪大了吗？

矢木从京都带回了烤紫菜，桌上还摆着煮高野豆腐和油豆皮，因此不吃煮带壳龙虾倒也无妨，可矢木却像是真的嫌麻烦。

难道是因为时隔多日回到家里精神放松而一时懒散吗？矢木看上去一副失魂落魄的样子。

要不就是昨夜过于疲劳？想到这里，波子感觉脸上要发热，就低下头来。

不过，那也只是瞬间的羞态，在低头的同时心底就已冷却。

波子今早从酣眠中醒来，感到头脑神清气爽，身体也充满了活力。

可能是处在"三寒四暖"（三天降温四天升温）中向暖的过程，今早出现了近来少见的"小阳春"。

因为芭蕾舞练功运动量大，所以波子食欲有所增进，连米饭的味道似乎也与平常不同。

波子又意识到这些后，便立刻感到索然无味了。

"你今天穿上和服了，真稀罕呀！"对此毫无觉察的矢木说道，"京都穿和服的人还是很多呀。"

"是啊。"

"爸爸，今年秋天，东京也开始时兴穿和服啦。"

品子说完看了看母亲的和服。

穿和服时倒也没那样想，难道这都是为了让丈夫看吗？波子对自己感到惊讶不已。

"听两三天前来的和服商说，在战争开始时漆纱和扎染特别畅销呢……"

"漆纱和扎染，也就是奢侈品吧？"

"全真丝的扎染值五六万呢。"

"哦？那你要是留到现在卖就好啦。出手过早了吧。"

"旧服装已经不行啦，行情降了，可别提了。"波子依然低着头说道。

"是吗？因为现在可以自由购买新衣服了嘛。一旦解除了限制，和服店就会迎合女人的虚荣心，趁机推销精品和高档货呢。"

"是啊。不过，战争当初流行的漆纱和扎染，现在又开始大卖了……"

"总不会是因为漆纱和扎染的和服大卖而引起战争的吧？

上次是因为战争带来经济繁荣嘛。可这回是因为长期战争而很久没新衣穿了吧。如果豪华和服是战争前兆的话,那就暴露了女人的浅薄,简直就跟漫画一样啦。"

"男人的装束也变化很大呢。"

"是啊。不过,也看不到好帽子在卖啊。夏威夷衬衫倒是挺多的呢。"矢木端起茶碗喝了一口粗茶,"那顶我最喜欢的捷克产帽子,你也是没仔细确认就送到干活儿马虎的洗衣店,结果用水洗把天鹅绒搞坏了。"

"那是在战争刚结束……"

"就算想再买一顶,现在也没有啦。"

"妈妈,"品子呼唤道,"文子,我们学校的朋友,还记得吧?她来信说,想跟我借圣诞节晚会穿的晚礼服呢……"

"圣诞节才用,现在就准备吗?"

"这才有意思呢!她说梦见我了,梦见我有很多洋装。说就在我的洋装立柜里,挂着三十件淡紫色和淡粉色的衬衫,蕾丝花边特别漂亮。另一个立柜里挂的是裙子,全是白色,还带凸纹呢。"

"裙子也有三十条?"

"信上写着估计有二十条吧。全都是新的呀!她说,因为做了这样的梦,所以估计我的晚礼服会有好多件,希望我能借给她,还说这是梦的启示。"

"可是,梦里没出现晚礼服吧?"

"对。全都是衬衫和裙子嘛!因为她看到我穿着各种服装上台跳舞，就误以为我自己也有很多洋装呢。"

"是啊。"

"我回信说，其实我一回到后台就全脱光了。"

波子默默地点了点头，刚才还神清气爽的头脑，现在已变得昏昏沉沉、慵倦不堪。难道这真是昨夜与丈夫小别后欢聚带来的疲劳吗？

波子感到自己简直太没出息了。

矢木有时外出旅行时间稍长，在回到家的当晚，波子就会有用没用地收拾东西，迟迟不就寝。

"波子、波子！"矢木呼唤道，"你洗什么呀？没完没了的。都快一点了。"

"好的。我就是把你旅行穿脏的衣服洗出来。"

"你明天再洗不行吗？"

"要是从提包里拿出来卷成一团放着，明天早上被女佣看见就讨厌了……"

波子感到正在赤身裸体地清洗丈夫内衣的自己就像什么罪人似的。

浴缸里的洗澡水已经不热了，波子却好像故意继续泡在温水里。她的下巴开始颤抖，在穿上睡衣来到镜前时仍然颤抖不止。

"你怎么泡过澡反而这么凉？"矢木惊讶地问道。

近来波子在抑制自己，矢木对此心有察觉却故作不知。

波子感到自己像是受到了丈夫的某种调查，不过负罪感似乎也得到了缓解，还有种被丈夫推开的感觉。波子一时处于这种恍惚的状态中，接着又感觉被摇来晃去。最后，感觉紧闭的双眼中有个金环在旋转，在红红地燃烧着。

以前曾有过一次，波子把脸贴在丈夫胸前这样说过：

"哎，我看到一个金环在团团转呢！眼睛里啪地变成了鲜红色，甚至觉得我要死啦。不会有事儿吧？"接着又道，"我是不是有点儿疯了？"

"没有啊。"

"是吗？我害怕。你怎么样？和我一样吗？"波子央求道，"哎，告诉我！"

矢木又心平气和地回答了一遍。

"真的吗？那就好……我太高兴了！"波子哭了。

"不过，好像男人不会像女人那样厉害呢！"

"是吗？……都怪我不好。对不起。"

现在想起那样的对话，波子感到年轻时的自己如此可爱，眼泪夺眶而出。

虽然现在仍能看到金环和红焰，但已不再总是如此，且已不似那时一般自然。

现如今，那已不再是幸福的金环。紧接着，悔恨和屈辱袭上波子的心头。

"这是最后一次了！绝对是……"

波子在心中告诫自己，做着自我辩解。

但仔细想来，二十多年间，波子似乎从未明确地拒绝过丈夫一次。当然，自己也从未明确地主动要求过。这是多么匪夷所思的事情！

男人与女人之间，丈夫与妻子之间，其差别之大实在可怕。

女人的谦谨、女人的腼腆、女人的恭顺，这难道就是被无可救药的日本旧习束缚的女性的标志吗？

波子昨夜忽然醒来，把手伸到丈夫枕边，摸到那块怀表并摁了按钮。

怀表先报时三点钟，又叮叮叮连着响了三声。时间应该在四十分到五十五分之间。

高男小时候说过，这块怀表的报时声就像小八音盒。

矢木却说："我想起了北京的人力车铃声啊！我坐的那辆人力车，就挂着这种响声悦耳的铃铛。北京的人力车车把很长，所以一跑起来，车把前端的铃声听起来就像是从很远处传来一样。"

这块怀表也是波子娘家父亲的遗物。

母亲一听到父亲这块怀表的响声，就痛心不已，矢木见此就执拗地央求着要到了手中。

波子想，如果独居的老母亲被今夜这样萧瑟的秋风惊醒，摁响这块表的铃声会怎样呢……当她听到曾与丈夫同在枕边听过的亲切铃声，该会有多么深切的怀念啊！

就像高男听到铃声会对父亲有所感应,波子也会对自己的父亲有所感应。

这块怀表相当老旧,在高男出生前很早、波子还是少女的时候就有了。铃声会唤起高男儿时的记忆,母亲波子也会被它唤起儿时的记忆。

波子又去摸索怀表,这次直接把它放在自己的枕上摁响铃声。

"叮叮叮,叮叮、叮叮、叮叮……"

随即听到的是后山的阵阵松涛。

自家院前的高大杉林里,似乎也有风鸣其间。

波子转身背对矢木双手合十。虽说屋内黑暗无光,可她还是把手藏在被子下面合掌自省。

"太没出息啦!"

自己上次和竹原在皇居前时,对远在京都的丈夫心生恐惧。昨晚忽闻丈夫归来,居然发生了贫血。然而,自己的暗中抗拒还是被巧妙地击溃了。

现在波子之所以合掌正是为此,但也并非全是为此,还因为对竹原的嫉妒在心中激荡。

在刚才入睡之前,波子也对自己嫉妒竹原感到惊讶。

对于在外多日归来的丈夫,波子既不会产生疑虑也不会产生嫉妒。这该算是好事。但在迎合丈夫的女人的悔恨中,波子非但没对丈夫产生嫉妒,却意外地对竹原产生了嫉妒。这是一种活生生的嫉妒,甚至带来了令人窒息的愉悦。

在半夜醒来之后，波子又感到了那种嫉妒在心中激荡。

她合掌自言自语道："向从未见过的人……"

这是指竹原的妻子。

自从排练《佛手舞》开始，背地里合掌就成了波子的习惯性动作。

《佛手舞》始于合掌终于合掌，而且在表现各种佛手造型的过程中，也编入了合掌的动作，每组的手臂动作都以合掌收尾。

"你们两人之间究竟有没有嫉妒呢？虽然双方都极力不露声色……旁观者看到却感觉瘆得慌啊！"

上次竹原说这话时波子并未回应，可她心中也在因嫉妒而颤抖。那不是对丈夫，而是对竹原的嫉妒。波子为未能深触竹原家庭的话题而急不可耐。

但是，波子没想到在与丈夫重聚夜醒之际，自己还是会嫉妒竹原的妻子。会不会是在波子的女人情欲被丈夫激发时，对其他男人的嫉妒心就苏醒了呢？

"不是罪人啊！我不是罪人。"波子合掌喃喃自语道。

可是，波子仍不清楚，自己心怀负罪感究竟是对丈夫还是对竹原。

波子遥对远方合掌向竹原致歉，心神也自然而然地飞往彼处。

"晚安。你是怎样入睡的呢？在什么样的房间？……我从未见过，不得而知。"

然后，波子再次沉沉睡去。如此香甜的深眠是丈夫给予的。

而一早醒来后的轻快爽适亦是如此。

波子起床比平时迟了些，早饭也就迟了。

"爸爸，您今天上午有课吧？要是去的话……"高男催促道。

"嗯，你先走吧。"

"是吗？我也可以不去学校……"

"那可不行呀。"

高男起身刚要走，矢木叫住了他。

"高男，关于昨晚说过的阵亡学生纪念像的事儿，校方是不是害怕它的思想背景？"

品子也去厨房给女佣帮忙了。

波子对看报纸的矢木说道：

"你喝咖啡吗？"

"嗯……早上只会想在饭前喝。"

"今天是我们去东京排练的日子，现在也要出门了。"

"'我们排练的日子'，我知道啊！"矢木不无讽刺地说道，"好吧，那我就在家享受久违的清闲，好好晒晒太阳吧。"

那座主屋与独屋之间的排练室，原先是为矢木修建的藏书室，还兼具读书室和阳光室的功能，所以挂着厚帘的南墙大部分都是玻璃窗。

把里面的书架收起来,正好可以用作芭蕾舞排练室。

也可能是年纪的缘故,矢木越来越喜欢在日式房间里读书写作,就没反对把那里改成女儿的排练室。

不过,矢木所说的晒太阳,还是指去原先的藏书室。

波子似乎心有顾忌,不知该不该起身离去。矢木把报纸放下问道:

"波子,你去见竹原君了吧?"

"见了。"

波子支吾着答道。

"是吗?"矢木平静又若无其事地问道,"竹原君挺好的吧?"

"他挺好的呀!"

波子一直盯着矢木,难以挪开目光。

她担心自己眼里似将要溢出的泪水,禁不住想眨眼睛。

"应该挺好吧?听说竹原君经营望远镜和相机,生意不错啊!"

"是吗?"波子声音有些嘶哑,继而回应道:"这事儿我倒没听说过……"

"他不会告诉你生意方面的情况嘛!以前不就是这样吗?"

"嗯。"

波子点点头,随即挪开了视线。

透过纸格门上的玻璃窗口,能看到前院地面落下的阴影。

那是杉树梢的影子。

后山下来三只竹鸡,时而走进树影,时而走在阳光下。

波子激烈的心跳刚刚平复下来,胸口又开始发紧。

但是,她觉得丈夫的脸上似乎有种温和哀悯的神情。

她望着前院里的竹鸡说道:

"也许得把独屋卖掉了呢!因为竹原曾在那里住过一段时间,我就想跟他打个招呼……"

"哦……是这样?"

矢木说完就沉默不语了。

波子想起自己曾对竹原讲过,矢木说"哦……"时会装出深思熟虑的样子,然后趁此机会在心里盘算。

果然现在他又这样。波子本应感到可笑,可她却非常难过,觉得面对竹原那样说自己丈夫的坏话太可耻、太可憎。

"不过,你还真是相当周到嘛。"矢木笑了,"就因为曾经让竹原君在独屋里住过,转卖还要征得他的同意。你这么礼数周到不觉得奇怪吗?"

"我不是要征得他的同意呀。"

"哦,那就是波子对他感到过意不去喽?"

波子感到被针扎了一般的痛。

"哦,算了。我不想聊独屋的事儿,将来再说吧。"矢木倒像是在劝慰波子,"你还不赶紧出门?排练要迟到了吧。"

波子在电车中依然恍恍惚惚。

"妈妈,你看,可口可乐车……"

听品子这样说，波子朝车窗外望去，只见一辆侧面涂红的厢式车在行驶。

在程谷车站附近的一座枯草岗上，有一幅警察预备队的招募广告进入了视野。

矢木往返东京时，总是乘坐横须贺线的三等车厢。

因此，波子也乘三等车厢，但有时也会选择二等车厢。她持有三等车厢的月票和二等车厢的优惠套票。

品子排练强度大，演出也非常重要。母亲不想让她太疲劳，所以一同出行时大都乘坐二等车厢。

波子上二等车厢前，一般总要有意无意地看看三等车厢的拥挤场面。可是今天直到品子让自己看可口可乐车，她都没注意自己是在二等车厢。

品子是个不太爱说话的姑娘，在电车里就更不会交谈了。

波子也暂时忘掉了身边的品子，心里从自己的经历联想着别人的各种经历。

她毕业于一所世称豪门的女子学校，很多同学都嫁给了名人和富翁。那类家庭因日本战败而急剧破落，且因不擅家务，她们身为中年妇女，受到了旧观念动摇带来的更大冲击。

像波子这样不指望丈夫而依赖娘家补贴生活费的同学也不在少数，但那样的夫妻也大都失去了稳定的生活。

"每一桩婚姻似乎都很不平凡呢。即使平凡的人走到一起，婚姻也会变得非同凡响呀。"

波子对竹原说过的话，正是看到那些同学的实例后产生的真情实感。

维持婚姻生活的传统藩篱和基石早已分崩离析，所以原本的不平凡冲破了平凡的外壳暴露在明处。

据说，比起自己的不幸，人往往是通过他人的不幸学会放弃。而波子学到的不仅是放弃。她惊异于他人的经历，也会因为自身处境而觉醒。

有一位同学，爱上了另一个男人，在与那个男人分手之后才真正体会到婚姻的乐趣。还有一位同学，由于有个二十多岁的情人，在自己丈夫面前也突然恢复了活力。但是，当她疏远那个情人后，对自己丈夫的感情也随之冷却，反而遭到丈夫的怀疑。于是，她又去找那个情人重燃旧情，以他为泉源来汲取可以倾注给自己丈夫的爱。而她们的丈夫都没觉察到妻子的秘密。

战前，波子的同学聚会时，也从未涉及这种毫不遮掩的话题。

当电车驶出横滨站后，波子说道：

"今天早饭，那龙虾你爸筷子碰都没碰对吧？莫非因为是吃剩下的？"

"不是啦。"

"妈妈刚才想起一件事儿。我们婚后不久，有一次给来客端上点心。过后你爸又要去抓着吃，我忍不住厉声制止说，吃剩的东西不要动。当时你爸一副不可思议的表情。可仔细想想，每个人分开盛盘的点心，客人吃剩的就觉得脏。要是摆在大盘子里，即使是剩下的，感觉也不一样了。这事儿挺奇怪的吧？我们在习惯和礼节方面，经常发生这种情况呢。"

"是啊。不过，龙虾就不同啦。我想爸爸只是想向妈妈撒一下娇而已吧。"

波子在新桥车站与品子分别，换乘地铁前往日本桥的排练室。

从前年开始，品子进入大泉芭蕾舞团，并在该研究所工作。

波子也在教芭蕾舞，但为女儿的前途着想，就没让她总跟在自己身边。

品子经常顺路去日本桥的排练室，在北镰仓的家里也偶尔替母亲指导排练。

但是，波子却极少去女儿所在的研究所。大泉芭蕾舞团公演时，她也尽量不去后台露面。

波子的排练室就在一座小楼的地下室。

早上品子说，爸爸等人为他剥龙虾壳可能是撒娇。波子心想，居然会有这等看法吗？随即走进了地下室。

她隔着门玻璃看到助手日立友子正在用抹布擦地板，随即停下了脚步。

友子干活儿连黑色外套也没脱，旧式衣领，很短的直筒下摆。她比品子个头儿矮些，波子就把这件旧外套送给了她。

本以为下摆的尺寸可能不显眼,没想到还是过时了。

"辛苦啦!这么早啊。"波子进门说道,"天这么冷,打开暖炉吧。"

"早上好。一活动就热了……"

友子像刚意识到似的,脱掉了外套。

她身上的毛衣是用拆下的旧毛线重织的,裙子也是品子穿旧了给她的。

友子跳舞的姿态和动作都比品子柔美,叫她当排练助手真是大材小用,所以波子建议她和品子一同去大泉芭蕾舞团。品子也曾提出过邀请。但是,友子却一直坚持说要留在波子身边。她为波子尽心竭力似乎不只是为了报恩,而是一种幸福。

在品子登台演出的日子里,友子始终不离左右,总是勤快地帮品子化妆和穿演出服。友子二十四岁了,比品子大三岁。

友子单眼皮,却常常因劳累变成双眼皮。

在煤气暖炉前,友子接过波子脱下的外套。今天的友子又变成了双眼皮,波子就想,她是在哭着擦地板吗?

"友子,你心里有什么难过的事情吧?"

"是的。过后再跟您讲吧,今天就算了吧。"

"是吗?那看你的方便。不过,越早越好啊。"

友子点了点头,随即去对面换好排练服回来了。

波子也换好了排练服。

两人手扶把杆，开始练习屈腿蹲起动作，友子看上去似乎有些反常。

早上开始下冷雨，今天波子在自己家里上排练课。她上午在为友子翻改品子的旧衣服。

住在镰仓、大船、逗子一带的少女们，放学归途中来这里学练芭蕾舞。总共有二十五人左右，尚无必要分班。她们年龄参差不齐，从小学生到高中生，到达时间也不同，波子难以正常上课，感觉像是赔本赚辛苦。但学生人数有增加的趋势，多少还有些许薄利。

在有课的日子里，晚饭也会推迟。

"我回来了。"

品子上来走进排练室，摘掉包在头上的白色毛线围巾。

"好冷呀。听说东京从昨晚下起了雨夹雪，早上屋顶和院里的点景石都成了白色。我和友子搭伴儿回来的哦。"

"是吗？"

"友子绕道去了研究所呢。"

"老师，晚上好。我今天也想见您……"

友子站在门口向波子打招呼，学生们也说：

"晚上好！"

"晚上好！"

友子回应少女们。大家都认识友子。

品子走进教室，一些少女的眼神顿时显得生气勃勃。

"友子,你去泡个热水澡暖一暖吧,和品子一起。我一会儿就下课。"

波子说完转向少女们,友子走到她的身后。

"老师,让我也一起上课吧。"

"哦?那就让友子替我一会儿吧。我去招呼一下你的晚饭。"

母女俩走下岩体上凿出的石阶。品子悄声说道:

"妈妈,友子怕是有什么事儿了。今天妈妈没去东京,她好像孤单得受不了呢……"

"一周前就开始有些反常啦。今天可能是来说这件事儿的吧。"

"什么事儿?"

"她还没说,我不知道啊。"

"把我的外套再送给她一件好吗?"

"好啊。那就送给她吧。"

波子又走下两三级石阶说道:

"妈妈照顾不了她呀。虽然友子家里只剩两个人……"

"她和她母亲,是吧?友子的母亲也在工作吧?"

"是的。"

"要是把她母女俩接到咱家来照顾怎么样?"

"这事儿可不那么简单呀。"

"是吗?……在回来的电车里,友子也悲伤地看着我。虽然我用围巾包得严实,可毛线网眼不是挺粗的吗?我就从网眼中看到她望着我呢。但我假装不知道，就让她看。"

"你老是这个样子。"

"她一直盯着我的手呢。"

"是吗？可能她觉得你的手特别漂亮吧。"

"不是啦。她的眼神很悲伤。"

"正因为她很悲伤，所以才会那样关注好看的东西吧。过后你去问问友子吧……"

"这种事儿我没法问……"

品子站住说道。两人走下庭院，雨丝变得更细了。

"我以前看到过一幅什么画，应该是日本的美人画，面部特别大，很漂亮的工笔画。把上睫毛画得很长，几乎延伸到眼眶里的黑眼珠了。"品子停顿一下，"我看到友子的眼睛就想起了那幅画。"

"是吗？友子的睫毛没那么浓密吧？"

"她垂下眼睛时，上睫毛的影子就会投到下眼皮上呢。"

听到练习舞蹈的踏脚声，波子向上边望去，说道：

"你去陪陪她吧。"

"好的。"

品子脚步轻灵地登上被细雨濡湿的石阶。

晚饭前，品子邀请友子一同去了浴室。友子脱下外套，品子从身后把另一件外套披在她的肩膀上。

"你穿上袖子试试。"

友子仍穿着排练服。

"如果合适你就穿着吧。"

友子有些惊讶地缩了缩肩膀。

"哎呀,不行呀。这可不行。"

"怎么不行?"

"我不能要啊。"

"我已经和我妈说过啦。"

品子麻利地脱掉衣服进了浴盆。

友子随后进来,手扶浴盆边沿问道:

"矢木老师已经洗过了吗?"

"我爸?应该洗过了吧?"

"你妈妈呢?"

"她在厨房。"

"我先泡可不好啊。那只冲一下吧。"

"没关系啦,这点儿事……天气冷嘛。"

"天冷我不怕,用凉水擦擦汗就行。我已经习惯了。"

"刚跳完舞不能……"

品子在水里沉得太深,她甩了甩沾湿的发梢并抬手抹掉水滴。

"我家的浴室太小了吧?东京那座烧毁的研究所浴室特别宽敞,可好啦,在冲澡间里都能跳舞。我小时候常和你光着身子学跳舞呢。还记得吗?"

"记得。"

友子漫不经心地应答，却忽然间慌忙蜷缩了起来，像要藏身似的浸在水里。

然后，她抬起双手贴在脸上。

"将来我给自己盖房子的时候，还要造一间大浴室，可以舒展开……说不定还会在那里学跳舞呢。"

"我那会儿皮肤黑，就特别羡慕品子小姐。"

"你不黑吧？应该说是别具风格的肤色呢。"

"哎呀！"

友子有些难为情，若无其事地握住品子的手端详。

品子诧异地问道：

"你这是怎么啦？"

"没怎么。"

友子说着把品子的一只手放在自己的左手掌上，用右手捏着品子的指尖注视片刻。然后，又看了看品子的手掌，轻柔地抚摸一下就立刻放开了。

"真是个宝贝呀。你的手好像有着优雅的灵魂呢。"

"你讨厌。"

品子把手藏在水下。

友子从水中抬起左手，把小拇指贴近唇角。

"你当时是这样的吧？"

"啊？"

友子已经把自己的手沉入水中。

"在电车里……"

"啊,这样?……"

品子抬起右手稍稍迟疑,随即用食指尖和中指尖轻触嘴唇斜下方。

"这样?……中宫寺的观音菩萨像?还是广隆寺的观音菩萨像?……"

"不对。不是右手,是左手哦。"友子说道。

可是,品子已经把无名指尖贴到了拇指腹上,不知是观音还是弥勒的手形。

接着,她的脸庞也自然而然地被"半跏思惟像"引导,头微微前倾,娴静地闭上眼睛。

友子险些"啊"一声惊呼出来。

但是,转瞬间品子又睁开了眼睛。

"不是右手吗?如果不是就太奇怪啦。"品子看看友子说道,"广隆寺另一尊观音菩萨像和中宫寺的佛像手形相似,皇室珍藏的镀金铜佛像,还有头很大的那尊如意轮观音,手指就挺得笔直,就像这样嘛。"

品子说完,随意地把她的手指尖点在下巴右边。

"我模仿我妈跳舞学会了这个动作。"

"不是那种佛像的姿态,是品子自然的手部动作嘛。左手这样……"

友子说着,又像刚才那样把左手小拇指点在唇边。

"啊,这样……"

品子也学着友子做同样的动作。

"佛是右手，人就是左手吧？"

品子笑着出了浴盆。友子还留在浴盆里。

"是啊。人在思考时，还是左手托腮更多吧？刚才在回来的电车里，品子小姐也是这个姿势，白皙的手背，掌心泛着樱花般粉嫩的光泽，嘴唇更被衬托出来了呢。"

"你讨厌！"

"真的嘛。嘴唇就像花蕾一样哦。"

品子低着头洗脚。

"那我就一直这样吧。也许不经意间，就模仿我妈的舞蹈了呢。"

"品子小姐，请您再做一次广隆寺菩萨像的手形。"

"这样？"

品子挺起胸脯，合上眼皮，把拇指和无名指圈成环状举到腮边。

"品子小姐，您该跳《佛手舞》呀。然后就让我跳拜佛的飞鸟时代的少女。"

"那可不行。"

品子摇摇头，从佛像的造型中还原回来。

"那尊观音菩萨像是平胸，没有乳房呀！应该是男的吧？——然而没有拯救女人的愿望……"

"啊？"

"在浴室里模仿佛像的造型可不合适呀！带着那种心态可跳不好《佛手舞》的！"

"哎呀！"友子如梦初醒般地出了浴缸。

"我可是在认真地请求你呢！"

"我也是在认真地回答你呢！"

"那倒也是。不过，我真希望你能为我跳那支舞啊。"

"好的。那也要在我略修佛心之后嘛。等什么时候，我也想跳日本古典舞。"

"'等什么时候'可不行，万一明天就死了呢？"

"谁明天就会死啊？"

"人嘛……"

"是啊。那就没有法子啦！如果明天就死的话，今晚在浴室里比画一下，就算跳过《佛手舞》了吧。"

"对吧？那不只是比画一下，要真心想跳就更好啦。就算明天会死……"

"明天不会死哦。"

"'死'就是一个比方嘛！所谓'明天'也就是……"

"夜半风雨狂……"

品子刚说半句就噤口不言地望着友子。

在她眼前是友子那活色生香的裸体。虽说友子比品子肤色稍黑，但在品子看来，友子的肤色因部位不同而呈现微妙的深浅变化。比如说，她的脖子近似小麦色，胸部的隆起从底部向峰顶逐渐变得透白，到胸口处又变得略深。

"刚才品子说'没有拯救女人的愿望',是真心话吗?"

友子嘟囔道。

"怎么说呢?倒也不是开玩笑。"

"咱俩跳《佛手舞》吧!让我也一起跳……你妈妈的《佛手舞》是独舞,我觉得再加一个拜佛的飞鸟少女也行嘛。请作曲家稍稍配点儿旋律。"

"加上拜佛的部分,可以让主舞轻松些吧?那样更容易对付过去。"

"我不是说对付的事儿……我跳膜拜品子小姐的拜佛舞,对您的《佛手舞》是会煞风景,还是能增光添彩?我没有自信,不过我要全力以赴与品子小姐编排一段少女拜佛的舞蹈!请您母亲做指导……"

品子有些被友子的气势震慑了。

"哪怕是跳舞,我也不好意思被膜拜,实在是……"

"我就想对品子跳一支拜佛舞,作为青春友情的纪念呢。"

"纪念?"

"是的,作为我的青春纪念。就连刚才品子合上眼皮,我也觉得那就是菩萨的眼皮呢。那对我来说已经再好不过啦。"友子赶紧改口道。

但品子已经意识到,友子不久就会离开自己和母亲。

晚饭后,友子也进厨房帮忙。

这时,波子过来小声说道:

"你爸爸收听了新闻广播之后很郁闷的样子,所以你们忙完这里,就去品子的独屋吧。你爸爸还是有战争恐惧症,说自己只能活到下次战争之前了。"

品子两人不再发出声响,不过广播中的七点钟新闻已经结束。

"你爸爸心情不好,问你们俩在厨房里闹哄哄地吵什么呀……"

品子和友子对视一下说:

"战争又不是我俩发动的啊……"

中国共产党的二十多万军队越过国界进入朝鲜,联合国军开始全面撤退。十一月二十八日,麦克阿瑟司令官发表声明:"我们现在面临着一场全新的战争。""先前在短期内结束朝鲜战乱的愿望已被彻底打碎",就在四五天前,联合国军已逼近中朝边界,正要发起最后的总攻。形势突然发生逆转。美国总统在十一月三十日的记者会上说:"政府为应对朝鲜新的危机,正考虑必要时对中共军队使用原子弹。"英国首相说要去美国和总统会谈。

二十分钟之后,波子来到品子的独屋。

"虽然外边雨停了,但看样子会很冷呢。友子就在这儿住一晚吧?"

"好的。"品子替友子答道,"我俩搭伴儿回来就是这个打算呀。"

"是吗?"

波子也来到火盆旁坐下，望着放在那里的外套。

"品子，你要把那件外套送给友子穿啦？"

"是的。可她坚决不要啊。她说我在战争后做了三件外套，她穿走其中两件实在不合适。还像模像样地算呢。"

"这可不是算哦。"友子打断品子的话头，"之后遇上雨雪天，没有替换的外套怎么行？品子可不能穿着脏兮兮的外套进后台呀。"

"没关系啦。其实我今天上午还试着修改品子的旧外套。"波子停顿了一下继续说，"不过，旧外套和旧衣服，这些都起不了多大作用了。友子心里有什么难过的事情，今晚就说说吧。"

"好的。"

"只要能帮上忙，我做什么都可以啊。之前友子为我做了一切，而不是我为你。你在我身边尽心竭力这么多年，这是我一生最宝贵的时光啊。这段时光很短暂，而且不会永久持续下去，所以我必须珍惜你。如果说你结了婚，那我们在一起的时光也就结束了。"

"不过，友子烦恼的不会是结婚这样的事情吧？"

友子点了点头。

"我从小时候起，就对别人的善意和热心习以为常，所以对友子的尽心也过于依赖，我自己都十分清楚，经常会想，你就该早些结婚离开我啊。"波子看看友子，"你为了我，简直牺牲了你的婚姻、成功和生活。你一直心无旁骛地为我献身。"

"牺牲？可别那么说。这样陪伴老师，使我的生活更有意义啊。我一直得到老师和品子小姐无微不至的照顾，能尽量为老师做这些近似于献身的事情，我感到非常幸福。对我这样一个没有信仰的人来说，只有献身会让我感到幸福……"

"是吗？对没有信仰的人来说……"波子重复友子的话，自己也像在思考着。

"这样说来……"品子喃喃自语，"战争结束时候，按虚岁算，我十六岁，友子是十九岁，对吧？"

"友子说自己是没有信仰的人，对我可是献出了全部力量。"

友子听到波子这话摇了摇头。

"我有事儿瞒着老师呢。"

"瞒着我？什么事儿？你的生活很艰难？……"

友子再次摇了摇头。

波子反复地问，可友子就是不回答。

"要是不好对我开口的话，那就过后和品子说说吧。"

波子留下这话，过了片刻就回主屋去了。

两人铺好被褥熄灭了枕边灯，友子告诉品子，想离开波子去别处工作。

"我估计就是这么回事儿。我妈也觉得没照顾好你，心里过意不去呢。"品子在枕头上转过来说道，"不过，如果是这事儿的话……"

"不是。我们都很好,不是我和妈妈的事情。"友子支支吾吾地说道,"因为孩子的病,实在没办法。孩子的生命无可替代啊……"

"孩子?"

友子应该还没有孩子。

"你说孩子,哪里的孩子?"

友子终于坦白说,是自己所喜欢的人的孩子。那人的两个孩子都得肺病住进了医院。

"那他太太呢?"

"他太太身体也很弱呀。"

"他是有妇之夫吗?"品子突然尖锐提问,随即低声嘟囔:"还有孩子……"

"是的。"

"友子就是要为那孩子出去工作吗?"

黑暗中没有应答。

品子呼唤道:"友子……"

"这也是友子的所谓献身?我不明白啊。那个人的心思我实在不明白。自己的孩子有病,就叫友子出去工作?"品子的声音在颤抖,"友子会喜欢那种人吗?"

"我不是被迫出去工作,是我自己想做的。"

"这都一样啊。那人真过分哪。"

"不一样哦。品子小姐……孩子的病,是在我喜欢他之后降临在他身上的灾难,或者说命运?发生在他身上的不幸就是我的不幸啊。"

"可是,为了他的太太和孩子,让友子去挣养病钱,这合适吗?"

"他的太太和孩子对我一无所知呢。"

品子顿时哑口无言。

"这样啊?"她压低嗓音问道,"他孩子多大了?"

"老大是女儿,十二三岁。"

品子从孩子的年龄推测了一下其父的年纪,友子喜欢的那个人得有四十了吧。

品子睁着眼睛默不作声。黑暗中,友子的枕头发出响动。

"如果我要生孩子,也就生了。我会生个健壮的孩子吧……"

这些话在品子听来就像痴人说梦。她感到友子已不再纯洁,心中反感起来。

"我只是在自言自语。对不起。"友子觉察到了品子的反应,"我实在没脸面对品子小姐。可如果再不全说出来,那就是撒谎啊。"

"从一开始就都是谎言!友子要为他的孩子尽全力,不是胡扯吗?刚才讲的……也都是胡扯!"

"不是胡扯呀。虽然不是我的孩子,但那是他的孩子嘛。都是宝贵的生命啊。他的宝贝就是我的宝贝,他的痛苦就是我的痛苦。这种事实就算不高尚,至少是我能够依靠的啊。

他的孩子们生病,总不会因为品子小姐道德上对我的指责或我自我怜悯的理智,而有所好转吧?"

"可是,就算他太太和孩子们的病都好了,过后他们知道是友子出的钱会怎么想?他们会向友子道谢吗?"

"我没时间考虑这种事,结核病菌不等人。即使过后孩子们憎恨,也正因他们还活着呀。现在他因为孩子生病已不顾一切,我也只是想要不顾一切地帮他。"

"他自己不顾一切地工作还不行吗?"

"一个只会老老实实干活儿的人,怎么赚大钱?"

"友子要怎么赚大钱呢?"

友子难以启齿似的告诉品子,她要去浅草街区的小屋工作。

品子从友子的语气中感觉到,那种工作就是跳脱衣舞。

友子爱上有妇之夫,要跳脱衣舞帮他的孩子们挣医疗费。品子深感震惊。

品子感到仿佛身处噩梦之中,甚至对善恶的判断都产生了困惑。这也算是女人对爱情的献身和牺牲吗?而看样子,友子已经在浅草的小屋展示过她的裸体了,并且下定了决心。

两人从小就在相互鼓励中成长,即使是在那场战争期间,也暗地里学练古典芭蕾舞。然而,现在友子却要用她的舞蹈去扮演这种角色。

品子心里清楚,不管自己是愤怒地劝阻,还是哭着央求,认死理的友子都会断然拒绝，固执己见，一条道走到黑。

"如今人们总说自由、自由，但我也拥有把我的自由献给心爱的人这种自由。这样做正是我的自由嘛。我也有信仰的自由吧？"

品子以前也曾听友子这样说过，当时还以为她所说的心爱的人是母亲波子。谁曾料从那时起，友子已经爱上那个有妇之夫了呢？

今晚在浴室里，友子对品子一反常态地表现出腼腆的神态，也是因为最近去跳脱衣舞了吗？

友子跳脱衣舞的情景浮现在品子眼前。友子是不是还怀孕过呢？

第二天早上，友子睁开眼睛，品子已不在被窝里。

她以为自己睡过头了，慌忙拉开防雨板窗。

松柏成林，群山怀抱，友子昨夜就睡在这里。青翠竹丛对面是西边的小山，从小山上稀疏的松林间依稀可见富士山。来自东京战火废墟的友子深深吸气，忽然感到有些眩晕，就扶着玻璃窗蹲下身来。

眼前有几根像是垂樱的枝条，下边的小株山茶树已经开花，是带着斑点的深红色花朵。

波子从主屋趿拉着木屐出来，站在院里打招呼：

"早上好。"

"老师，早上好。这里太安静，我睡了个懒觉。"

"是吗？没睡好吧？"

"品子小姐呢?"

"早上天没亮,她就钻到我被窝里把我吵醒啦。"

友子抬头望着波子。

波子从脸庞到胸前都映着竹叶的光影。

"友子,这个给你,把它收进你那边的手提包里,你可以把它卖掉。"

友子不好意思去接波子握着的东西。

"这是什么呀?"

"戒指啊!可别让人看到,快收起来。今早我听品子说了很多呢。我还想把这栋独屋也卖掉,你也再等一段时间吧。"

波子把戒指盒塞在友子手中。友子热泪盈眶,随即跪伏在地板上。

冬天的湖

《天鹅湖》的乐曲声传来。

这是芭蕾舞剧《天鹅湖》第二幕中天鹅们的舞蹈。

先是白天鹅公主和齐格弗里德王子的慢板双人舞,接着是四小天鹅舞,然后是双人天鹅舞……

跪伏在边廊前的友子猛地挺起胸脯。

"品子小姐?这是品子小姐呀。"

友子似乎受到了乐曲声的感召,泪水再次顺着腮边落下。

"老师,品子小姐在独自跳舞呢。我昨晚对她说了些不开心的事情,她正在跳舞散心呢。"

"她是在跳四小天鹅舞吧?Pas de quatre(四人舞)……"

波子说着,也朝石台上的排练室望去。

在后山松树方向的远空飘着一朵白云,从边缘到中间透出早晨的阳光。

友子眼前浮现出充满浪漫情调的舞台画面。

月夜下山峦环绕的湖中,一群天鹅游到岸边,立刻变成美丽的姑娘翩翩起舞。她们被罗特巴特施魔咒变成了天鹅,只能在夜晚来到这片湖畔短暂地恢复人形。

天鹅公主和王子立下爱的盟誓也在第二幕中。据说若能得到从未恋爱过的青年的爱情,就能以爱情的伟力破除魔咒。

友子在等着《天鹅湖》的乐曲声继续,但第二幕中的天鹅舞结束后,排练室里就悄然无声了。

"这就完了……"友子像是在追逐一种幻觉,"真希望继续跳下去呀!老师,我在这儿听着音乐,感觉就能看到品子小姐的舞姿呢。"

"是啊。友子对品子太了解了。"

"嗯。"友子点了点头,"可是……"

她欲言又止。这时,排练室里幡然梦醒一般回荡起热烈的节日旋律。

"哎呀,这是《彼得鲁什卡》[①]?"

在圣彼得堡的城市广场上,小马戏棚前欢度"谢肉节"[②]的人群载歌载舞。

这是由斯托科夫斯基指挥、费城交响乐团演奏、胜利公司灌录的唱片。

[①]《彼得鲁什卡》:滑稽芭蕾舞剧,俄罗斯芭蕾舞团于巴黎首演。
[②]谢肉节:俄罗斯传统节日,又称"送冬节"。

友子噙满泪水的双眼闪烁着炯炯的光芒。

"啊,我想跳舞。老师,我要去和品子小姐一起跳舞。"友子起身说道,"向芭蕾舞告别,《彼得鲁什卡》的'狂欢节'最好不过啦!"

波子返回主屋和矢木两人一起吃了早饭。

高男早早出门去学校了。

排练室里反复多次地响起《彼得鲁什卡》第四场的乐曲声。

"今天一大早就跳狂欢节,这也太闹腾了吧?"矢木说道,"简直是伟大的噪音!"

《彼得鲁什卡》是一幕四场的芭蕾舞剧,第一场和第四场都是在谢肉节狂欢活动的城市广场。第四场已是时近黄昏,广场上人潮汹涌,渐渐沸腾起来。

这套组曲唱片中,也三声道立体录制了第四场的喧闹情景:手风琴、铜管、木管等各种乐声你推我搡、交织纠缠、高亢激昂,描绘出熙熙攘攘的狂热之景。接下来是保姆之舞、农夫与熊之舞、吉卜赛之舞、车夫与马夫之舞、化妆游街之舞等。所谓"伟大的噪音",就是有人听了《彼得鲁什卡》之后说的话。

"品子她俩跳的是哪个角色啊?"波子也这样问道。

但节日中狂欢的人们似乎都是即兴起舞,欢快热闹,令人眼花缭乱。

过了不久，雪花纷纷落下，街道华灯初上。当快乐的狂欢达到顶峰时，爱上芭蕾舞人偶的丑角人偶彼得鲁什卡却失恋了。就在狂欢的人群当中，他被情敌摩尔人人偶砍杀。随后，在木偶剧院屋檐上，出现了彼得鲁什卡的幽灵。这场悲剧至此落幕。

但品子她们的狂欢乐曲声再次响起，并持续回响在客厅里。

"早饭前就这样欢天喜地，可品子她们恐怕根本没想到过尼金斯基①的悲剧吧？"

矢木嘟囔一句，转头望着排练室那边。

波子也望着同一方向问道：

"尼金斯基？"

"是的。尼金斯基精神失常不就是因为战争的牺牲吗？听说他最初发病，也像说胡话似的念叨'俄罗斯'啊、'战争'啊什么的。尼金斯基是和平论者，也是一个托尔斯泰主义者。"

"今年春天，他终于在伦敦的医院里死去了。"

"他精神失常后，从第一次世界大战到第二次世界大战，活了三十多年，时间挺长啊。"

彼得鲁什卡是尼金斯基塑造得最成功的角色，因此矢木才会想起来这样说的吧……

这段时间，矢木主要研究《平家物语》《太平记》等古典战记文学，并撰写相关文章《日本战争文学中的和平思想》。

---

①尼金斯基：芭蕾舞艺术家，《彼得鲁什卡》的主演。

今天上午动笔写作之前，品子她们的《彼得鲁什卡》搅乱了他的思绪。

音乐声停止之后，品子和友子还没来主屋，波子就去察看，只见品子独自在排练室里发呆。

"友子呢？"

"她回去啦！"

"连早饭都没吃？"

"她让我把这个还给妈妈。"

品子手中攥着小戒指盒。

品子没有递出戒指盒，波子也没去接。

"我一直在挽留她，说妈妈和我都要出门，咱们一起走。可是，友子一旦说出要走，就怎么劝都没用嘛。"

品子起身朝窗边走去。

"真叫人吃惊啊。"

波子仍坐在椅子上，望着品子的背影看了一会儿。

"你那样会着凉的呀。去换一下衣服吃饭吧。"

"好的。"

品子只在排练服外披着一件外套。

"友子说不好意思见爸爸呢。"

"也许是吧。她昨晚哭了，又没睡好觉，脸色不好……"

"我刚开始也睡不着，后来全身酸疼无力，昏昏沉沉地就睡着了。"品子在窗边转过身来，"可她还是穿上那件外套回去了。她还说要拿走一件妈妈改过的羊毛连衣裙呢。"

"是吗？那太好了。"

"她说，现在离开妈妈去别处工作，但以后一定还要回到妈妈这里来。"

"是吗？"

"妈妈，友子的事就那样随她去了吗？打算怎样帮她呢？"品子望着母亲走过来，"他们必须分手。我去叫他们分手。"

"妈妈早些注意到就好了。很早我就觉得她……越来越不对劲儿了，但她对我还是一如既往地尽心尽力。可以说，友子隐瞒得很巧妙啊。"

"那是因为她的对象有问题，她难以说出口嘛。我要叫友子离开那种人。"品子斩钉截铁地重复道，"不过，瞒着妈妈本来就不是难事啊。"

"品子是不是也瞒着妈妈什么？"

"妈妈可能不知道吧？爸爸的……"

"爸爸的什么？"

"就是爸爸的存款啊……"

"存款？爸爸的？……"

"爸爸瞒着家里人，把存折放在银行里啦。"

波子先是露出惊诧的神情，随即变得脸色煞白。

但就在下一个瞬间，无以名状的羞耻感使波子的血流汹涌激荡起来，表情顿时变得僵硬。

波子的羞耻感也传染给了品子，品子也涨红了脸庞，然而她似乎控制不住情绪，说道：

"高男是最先知道的。因为他偷出来，我才知道的。"

"偷出来？"

"高男偷偷地把爸爸的存款取出来了。"

波子放在膝头的双手开始颤抖。

据品子讲，高男虽然总是向着父亲，可当他看到父亲总是把家务的操持甩给母亲，视而不见母亲的辛劳，还背地里暗自留钱，便感到无法容忍。这才把父亲的存款偷取了出来。

高男说，如果过后父亲看到存折，发现存款被取，就会明白是自家人所为，大概会觉得这是无言的责难或警告。

"父亲把存折委托银行保管，可存款却被取走，他会怎么想呢？"品子仍然站在原地说道，"我觉得父亲也太过分了，和友子的那个对象没什么两样啊。"

"……高男偷的吗？"

波子好不容易才用颤抖的声音嘟囔了一句。

她羞惭得无地自容，甚至无法正视女儿。她心中产生了某种冰冷的恐惧，就像恶寒的感觉。

矢木除了在某大学有正式职务之外，还在另外两三所学校兼职。现在到处都在盲目地增设新制大学。他还会去地方的学校短期授课。除了教学拿到的这些薪水，还有若干稿费和版税进账。

矢木并未告诉波子自己的所有收入，而波子也没有非要知道不可。这是结婚当初就形成的习惯,波子很难单方面改变它。这既有波子的责任,也有矢木的责任。

波子不是不认为丈夫卑劣而狡黠,但还是做梦也想不到丈夫会背着家人存私钱。存钱就算了,竟然连存折都送到银行托管。如果是个真正养家糊口的男人这样做倒还能理解,但矢木根本不是这样的人。

波子以前也知道,矢木要缴纳所得税,可他的缴税所在地却不在自己家,好像是在学校宿舍或别的什么地方。波子当时没太在意,觉得他或许是为了方便。现在她开始怀疑,那样做恐怕是矢木为隐瞒自己收入而耍的心机。

波子顿时感到不寒而栗。

"我自己的一切都可以不要,我一点儿都不可惜。"

波子说着按住额头站起来,从唱片架旁的书柜中抽出一本书。

"好啦,咱们走吧。"

"看样子倒是友子那样更好啦。咱们也变得一无所有,就叫爸爸养活吧。高男和我都自己出去打工。"

品子挽着母亲的胳膊走下石阶。

波子无心同品子谈论友子和矢木的事情,想在去东京的电车里看看书,就带了一本尼金斯基的传记。

刚才只是漫不经心抽出了这本书。现在波子觉得这是头脑里回荡着矢木所说的"尼金斯基的悲剧"的缘故吧。

"再发生战争,先给我来瓶氰化钾,再给高男一间山中烧炭的小窝棚,然后给品子十字军时代那种铁制的贞操带吧。"

在品子她们的《彼得鲁什卡》乐曲停止时,矢木说了这样的话。波子似要掩盖反感情绪似的说道:

"那给我什么合适呢?这不是把我漏掉了吗?"

"哦,对了,还忘了一个人啊。要不波子自己在这三样中选一样吧?"矢木放下报纸抬头说道。

波子望着丈夫圆润和蔼的脸,心里有些困惑,她只浏览了一下报纸上的大标题。矢木继续说道:

"还有个问题呢。品子的贞操带钥匙谁保管?就把钥匙交给你吧。"

波子悄悄离去,走进了排练室。她先是觉得这种玩笑话太讨厌,而在知道矢木存款的秘密后回想起来,又感到有些令人作呕。

"今天早上,你爸爸听了《彼得鲁什卡》后,说品子恐怕从没想到过尼金斯基的悲剧吧。"

波子说完就把《芭蕾舞读本》递给了品子。这是一位从俄罗斯来到日本的芭蕾舞女演员写的书。品子接了过来。

"我已经读过好多遍了。"

"是啊。我也读过了,可不知为什么又把它带了出来。你爸爸说,尼金斯基是战争和革命的牺牲品。"

"不过,尼金斯基还在舞蹈学校时,就有医生说过这个少年总有一天会精神失常的。"

品子的说话声被电车驶过铁桥的声音淹没。她望着六乡的河滩似乎想起了什么,在过铁桥后不久又开口说道:

"那个叫塔玛拉·淘玛诺娃的芭蕾舞演员也是可怜的革命者之子。她父亲是沙俄帝国的陆军上校,母亲是高加索少女。父亲在革命中负重伤,母亲被击伤下颌,在被牛车护送去西伯利亚的途中,塔玛拉出生了,就在牛车上……他们在西伯利亚流浪,后来被驱逐出境逃亡到上海。这时,他们看到了来此巡演的安娜·巴甫洛娃①的舞蹈,小小的塔玛拉·淘玛诺娃就立志成为舞蹈家……她在巴黎的歌剧院参演了《让娜的扇子》,作为天才少女引起了轰动。据说,当时她才十一岁。"

"十一岁?安娜·巴甫洛娃来日本演出《天鹅之死》,是在大正十一年(1922)哦。"

"在我出生之前啊。"

"是的,那时我还没结婚,还是个女学生。差不多刚好是巴甫洛娃去世十年前。她去世时五十岁,来日本时和妈妈现在的年龄差不多呢。"

在去西伯利亚的牛车上出生的塔玛拉·淘玛诺娃后来从上海前往巴黎。她在上海看过安娜·巴甫洛娃的演出,后在巴黎演出芭蕾舞时得到了安娜·巴甫洛娃的认可,塔玛拉·

---

①安娜·巴甫洛娃(Anna Pavlova,1881—1931):出生于圣彼得堡,20世纪初芭蕾舞坛的一颗巨星,为芭蕾做出杰出贡献,素有"芭蕾女皇"之称。

淘玛诺娃就这样得到了幸运之神的眷顾。看了年少的淘玛诺娃的排练后，那位世界顶级的芭蕾舞女演员深为感动。年少的舞姬和她所崇敬的巴甫洛娃得以在特罗卡迪罗同台献艺。

从那以后，塔玛拉·淘玛诺娃加入蒙特卡洛的俄罗斯芭蕾舞团，年仅十四岁时，又在乔治·巴兰钦等人的"芭蕾·1933"舞团里担纲首席舞者。

听说，这位神情忧郁、身材瘦小的少女，在舞姿中也总透现出某种哀愁。

"她还在美国跳舞吧？应该已经三十岁了吧。"品子忽然想起似的说，"香山老师常对我讲淘玛诺娃的故事呢。就在他带着我去军队、工厂慰问伤病员的巡演那阵儿吧，我也十四或十六岁的那会儿。年龄就和淘玛诺娃作为天才少女在蒙特卡洛的俄罗斯芭蕾舞团，还有'芭蕾·1933'舞团里跳舞时一样……"

"是啊。"

波子点了点头，很少听到品子说出香山这个名字，就忽然竖起了耳朵。可波子却岔开了话头。

"在英国，芭蕾舞团也会去前线、工厂和农村慰问演出，向普通民众展现芭蕾舞的魅力。这也正是战后芭蕾舞兴盛的原因之一吧。日本开始时兴芭蕾舞也有这方面的原因，对吗？"

"怎么说呢，在战争中受到压制的事物得到了解放，其中女性的解放就是以芭蕾舞的形式体现的。我觉得这一点确切无疑。"品子答道，"不过，我对那会儿同香山老师巡回慰问演出的日子也很怀念呢。从东京出发经过六乡川时，我常常会想，自己能不能活着走过这座铁桥？去特攻队演出时还一边跳舞一边想，我就在这里死掉吧。能坐上卡车都算好的，我还坐过牛车呢。就是在牛车上，香山老师讲了塔玛拉·淘玛诺娃在牛车上出生的故事哦。我当时都哭了呢。城镇遭到轰炸，烧起大火。飞机接近时，我们就跳下牛车在树下隐蔽。香山老师还说，这就像被革命驱逐的俄罗斯人。但是，我觉得或许那时比现在要幸福呢。因为那时没有迷茫、没有疑惑，一心一意地抚慰那些为国而战的人们，豁出性命在台上跳舞。有时还会同友子在一起呢。我当时十五六岁，在随时都会死掉的旅途中无所畏惧，是因为感觉得到了信仰的力量啊。"

品子在当时的旅途中总是得到香山的呵护，如今她依然感到肩头仿佛倚着香山的臂膀。

"战争的事儿就别再提了。"

波子本来想悄悄提醒品子，可说出来却很严厉。

"好的。"

品子看看周围，想着会不会被谁听到了。

"那个，六乡川的河滩也变化挺大。以前建过高尔夫球场，对吧？战争期间被用作军事训练。后来又逐渐垦荒耕种，整个河滩都变成稻田和麦地了啊。"

品子这样说着，美丽的眼帘内又浮现出同香山在战火中旅行的回忆。

"战争时期我从没想过别的嘛。"

"你年龄还小,而且所有的人都被夺去了思考的自由。"

"妈妈不觉得咱家在战争时期反而比现在更和平吗?"

"是吗?……"

波子没能立即应答。

"当时咱全家人亲密无间,不像现在这样七零八碎,对吧?虽然国家将破,但家庭还很完整啊……"

"都怪妈妈不好吧?"波子忍不住地说道,"不过,品子说的也许是实情。但在那些实情中,想必还有极大的谎言和错误……"

"对,有的啊。"

"另外,用如今的眼光看过去的回忆,已经无法做出正确的判断啦。过去的事情,大都是特别令人怀念的。"

"是啊。"

品子顺从地点了点头。

"不过妈妈现在的艰辛要想成为让人怀念的回忆,要经历千山万水呢。"

"千山万水?"

波子听到这个词莞尔一笑。

"要翻越千山万水的是品子吧?"

品子默不作声。

"要不是发生战争,品子这会儿就在英国或法国的芭蕾舞学校跳舞了吧?"

波子上次在皇居护城河边对竹原说过——"我也能跟着去"——可现在却没对品子说出来。

"由于战争,我学芭蕾被耽误了很多。即使妈妈倾尽全力帮我,要想开花结果,也许得等到我的孩子辈啦。在日本,培养一个优秀的芭蕾舞演员需要三代人的努力吧?"

"没有的事儿。品子就很好嘛。"

波子使劲地摇摇头说道。品子垂下眼帘。

"不过,我可不要生宝宝哦。世界和平之前,我绝对不会生宝宝的!我就是这样想的。"

"啊?"

波子望着品子,好像受到了突如其来的打击。

"你别开口闭口'绝对不会''断然不能'之类的。品子,那些不都是战时用语吗?"波子又像责怪又像取笑似的说,"妈妈听了心里咯噔一下。"

"哎呀!我只说了这一次嘛。哪里是开口闭口呀。"

"你在电车里突然宣布世界和平前决不生宝宝,妈妈实在是有点理解不了呀。"

"那我换个说法吧?我要独身跳着芭蕾舞,等待世界和平。这样说妈妈就能接受了吧?"

"说得就像宗教仪式一样。"

波子含糊其词地打岔,但品子的话却真意未解地留在了她的心中。

品子是不是害怕在牛车上生孩子那一天也会降临日本？或者是把香山留在了心底，所谓等待和平的真意就是等待香山？

波子从品子的语气中明显听出，香山已然成为她的爱的回忆。那些回忆并未作为往事逝去，而是依然活在她的心中。波子自己也对竹原怀有深切的回忆，少女之爱的回忆是怎样的刻骨铭心，波子此时更是感同身受。品子的爱的回忆似乎仍被回忆所特具的沉寂所笼罩，这或许是因为品子尚未与其他的男人结合。不如说倘若品子真的结了婚，那么香山的回忆就会伴着苦恼复苏。说不定也会在二十年之后……波子以自身为参照，做出了如此推测。

可能是昨晚友子的告白点燃了品子心中的火。品子从一早起来就跟母亲讲了很多事情。

波子听到品子说在日本需要经过三代人的努力才能培养出一个优秀的芭蕾舞演员时，不由得打了个寒战。

说战争期间家庭和睦倒也没错。那时虽说粮食匮乏，命悬一线，但一家人紧抱在一起。波子对丈夫从生出疑虑到日渐失望，也都是在战后。父母的这种隔阂也影响到了品子和高男。波子为此深感痛苦。品子所说的国家将破而家庭完整也并非空口无凭。

波子沉默了片刻，品子似乎也在思考着什么似的问道：

"朝鲜的崔承喜现在怎么样了呢？"

"崔承喜？……"

"那个人也是革命者之子吧?听说她在朝鲜战争爆发前去了北朝鲜,所以父母很可能是革命者呢。我看崔承喜第一场舞会的时候,大概和塔玛拉·淘玛诺娃在上海看到安娜·巴甫洛娃跳舞的时候差不多年龄吧?"

"是啊。那好像是在昭和九年(1934)或十年(1935)吧?妈妈当时很吃惊。从她那无言的舞蹈中,能感受到朝鲜民族的抗争和愤怒。又像有口难言,又像痛苦挣扎,动作激烈又奔放。"

"我记得最清楚的还是崔承喜大红大紫之后。她转眼之间人气爆棚,就连歌舞伎座和东京剧场的会演都不曾那样精彩过。"

"她还去美国和欧洲演出过……"

"是的。"波子点了点头,"听说崔承喜最初是想当声乐家呢。她哥哥看了到京城①公演的石井漠的舞蹈,大为感动,就让妹妹拜了师。听说,崔承喜被石井带到日本时刚从女校毕业,大概也就十六岁。"

"正好是我跟着香山老师巡回演出的年龄啊。"

品子又说了一遍。波子继续讲道:

"也许因为她是石井漠的弟子,传承了老师的舞蹈个性,所以体现出了那种风格。但是,崔承喜头一次会演中的舞蹈,

---

① 京城:现首尔。曾称汉阳、汉城。1910年因日韩合并改称京城,1945年从日本统治下解放后改称首尔。

确实表现了被压迫民族的抗争，妈妈看了惊出一身冷汗。后来随着人气渐旺，崔承喜的舞蹈也越来越华丽明快起来，已经失去了晦暗的悲伤和碰壁后愤怒挣扎的力量。可能因为朝鲜舞蹈的演出很受欢迎，所以石井流派的舞蹈就很少登台了。不过去西方国家，她还是自称'朝鲜舞姬'呢。在日本就叫'半岛舞姬'了。"

"像'剑舞'、'僧舞'，还有那个'灵山舞'，我也都记着呢。"

"手臂和肩部的动作挺有意思吧？据崔承喜说，朝鲜原本不是擅长舞蹈的国家，舞蹈在那儿受到轻视……她就是从濒临灭绝的传统中，发掘出那么新的舞蹈。她不是只靠新奇博人欢心吧？崔承喜是深切地感受到了所谓的民族性。肯定是这样……"

"民族性？……"

"提起民族性，我们就会想起日本的舞蹈。不过品子现在还不必考虑那么多。日本舞蹈的传统过于丰富、过于强大，因此很难做出新的尝试，容易走回头路。可我觉得日本是世界性的舞蹈大国。我并非指芭蕾舞，而是就日本从古至今的舞蹈而言。日本人确实具有得天独厚的舞蹈才能呀。"

"不过，芭蕾舞与日本的舞蹈正相反，与日本的身心传统背道而驰。日本舞蹈的动作都是向内收聚、向内包裹，而西方舞蹈却是由内向外释放、向外舒展，所以内心感受也是大不相同。"

"但品子从小接受芭蕾舞形体训练,按照西方的观点,芭蕾舞演员身高一米六、体重四十五公斤最为理想。所以品子是相当匹配的。"

品子本应在新桥与波子分手,前往大泉芭蕾舞团研究所,可她没下车,一路跟着母亲从东京站来到了排练室。

"友子不会来了吗?"

"会来的哦。她那样的人肯定会来的。就算不在妈妈这里干了,她也会来好好表示一下……"

"是吗?她昨天不是去家里告别了吗?昨晚没睡好,又说了那些事情,再来见妈妈多不好意思呀……"

"她可不是一走了之的那种人哦。"

波子十分自信地说。品子正是怕今天友子不露面,妈妈会感到失落,所以才跟到这里的。

她们一来到地下排练室,就听见《彼得鲁什卡》的乐曲声。

"这是友子呀。"

"哦,你看。"

友子身穿排练服,却没有在跳舞,正靠在把杆上听音乐。

排练室已清扫得干干净净。

"老师,早上好!"

友子腼腆地停下了唱机,突然看了看墙上的镜子。

"彼得鲁什卡?"

品子说着，又开始重新播放唱片的同一面。这是第一场中狂欢节的热闹情景。

波子与镜中的友子相对而视。

"友子，你还没吃早饭吧？早上没回家就直接来了这儿？"

"是的。"

满面倦容的友子又变成了双眼皮，不过目光炯炯有神。

"友子在这儿，那我就去研究所啦。"

品子跟母亲说，然后走到友子身旁把手搭在她的肩头。

"刚才还在和妈妈讨论你会不会来，就跟到了这里。"

逐渐激越的狂欢节乐曲和友子身上的温度使品子心头一热。看来她刚才一直在跳舞。

"另外，我们在电车里还谈论了舞蹈的民族性……"

在《彼得鲁什卡》中也有着俄罗斯民族舞蹈的节奏感和音乐特色。

这是斯特拉文斯基为佳吉列夫的俄罗斯芭蕾舞团作曲的舞剧，首演时由米哈伊尔·福金编舞，瓦斯拉夫·尼金斯基主演可怜的木偶小丑。所以，今早矢木在听到《彼得鲁什卡》后才会提到"尼金斯基的悲剧"。

《彼得鲁什卡》的首演是在一九一一年，即明治四十四年，尼金斯基当时二十岁上下。他在罗马和巴黎都公演过，博得了旋风般的轰动。

《彼得鲁什卡》首演的一九一一年，尼金斯基离开俄国，直到一九五〇年去世,他都再也没能回到故土。

据说在一九一四年,也就是大正三年,思念故土的尼金斯基在巴黎做好了踏上归程的准备。然而在他买好火车票的八月一日,世界大战已经爆发了。

他离开了战云笼罩的巴黎,途中在奥匈帝国被当作敌国分子逮捕。他的精神受到打击,经常不明不白地念叨"俄罗斯"、"战争"之类的呓语。

后来他终于获释去了美国,在那里的首次公演节目是《玫瑰花魂》。当他登场时,全体观众起立迎接,向他投去的玫瑰花朵铺满了整个舞台。

但是,尼金斯基虽然在美国颇受欢迎,却仍然深陷忧郁之中。他诅咒战争,呼吁和平,与和平论者及托尔斯泰主义者交往。

在俄国爆发革命的一九一七年底,尼金斯基精神彻底失常,从舞蹈界消失了。当时他才二十八岁。

精神失常的尼金斯基去了瑞士疗养。某一天,他忽然提出要做即兴表演,在一个小剧场召集了观众。可他却在舞台地板上用黑色和白色的布摆了个十字架,自己站在顶端做出基督受刑的姿势,然后说道:

"这次请大家看一下战争,看一下战争的不幸、毁灭和死亡……"

一九〇九年,当佳吉列夫的俄罗斯芭蕾舞团在巴黎首演时,尼金斯基作为明星级别的男性舞者,立刻被全世界誉为天才。然而，不久他便一边跳舞，一边开始时不时陷入精神失常状态。其艺术生涯十分短暂。

说到一九二七年，即昭和二年，正是品子出生的两三年前，佳吉列夫的俄罗斯芭蕾舞团在巴黎公演《彼得鲁什卡》时，曾把精神已完全失常的尼金斯基带上舞台。此剧在十五六年前首演时，就是尼金斯基扮演的彼得鲁什卡，因此，人们希望这样也许能唤起他的记忆，成为让他恢复理智的契机。

所有的角色悉数登场，首演时的女主舞塔玛拉·卡尔萨文娜装扮成与以前一样的木偶舞姬，走近尼金斯基并亲吻了他。尼金斯基腼腆地望着卡尔萨文娜，卡尔萨文娜用令人怀念的昵称呼唤尼金斯基。但是，尼金斯基却扭头不予理睬。

尼金斯基被卡尔萨文娜挽住手臂时魂不守舍的表情被照片记录了下来。

品子也曾在某处看到过那张颇有戏剧性的照片。

佳吉列夫把可怜的尼金斯基带到了楼座上。当扮演彼得鲁什卡的谢尔盖·利法尔出现在舞台上时，尼金斯基竟问那是谁，并嘟囔道："那家伙能跳得了吗？"

主演彼得鲁什卡的谢尔盖·利法尔被称为尼金斯基再世，在尼金斯基离开后，他成为了头号男舞星。尼金斯基看着利法尔，却质疑地说："那家伙能跳得了吗？"往日尼金斯基曾以超人的跳跃令世界震惊，此时他又再度成为热门的话题。

但是，精神失常的天才的妄语，既可怜至极，亦似有些道理，姑且当作无解之谜吧。此时的尼金斯基恐怕都搞不清楚舞台上正在出演的是自己年轻时期塑造得最成功的角色了吧。或许昔日伙伴的友情只是被用来玩弄尼金斯基无魂的躯壳而已。

尼金斯基辉煌的生命有一个悲情和痛苦的结局，就像冰封的冬日湖泊。即使破冰探寻湖底，恐怕也一无所获。

"今天早上我爸对我妈说我也许从未想过尼金斯基的悲剧吧。"

品子对友子说道。友子默不作声。波子像替她回答般应道：

"矢木是因为害怕战争和革命才想起尼金斯基的。"

"不过，尼金斯基在战争期间还是能去世界各国演出的。哪怕是在精神失常之后，他也是世界级的呀。疗养时还可以到瑞士、法国和英国这些地方。像爸爸和我们这样的人，不管发生什么事儿、结果怎么样，都只能被赶进日本的纸做的帘子中，人家可不一样哦。"

"因为咱们不是世界级的天才，大概也不会精神失常吧。"友子说道。

"可是，友子昨晚说的那些话，有点儿奇怪呀。我听了之后觉得自己的头脑也不太正常啦。"

"品子，友子的事儿，妈妈来跟她商量……"

"是吗？如果友子能听妈妈的话，倒也行……"

品子没有看友子，开始收拾唱片。

"哎呀!让我来吧。"

友子慌忙走过来,品子碰了碰她的肩膀。

"拜托啦!你就待在妈妈这里吧。明年春季,妈妈的学生举行会演,到时候咱俩一起跳《佛手舞》吧。"

"春季?几月份?"

"几月份还没考虑过,不过还是早些举办吧。对吧,妈妈?"

波子点了点头。

"你快去吧,要迟到了。"

品子离开地下室,垂着头走在街上。在东京站附近,她仰望着正在施工的钢筋混凝土建筑,伫立了片刻。

爱的力量

进入十二月后,晴好天气连日持续。

舞蹈家们的秋季会演也大都结束,本月还剩吾妻德穗和藤间万三哉夫妇的《长崎踏绘》、江口隆哉和宫操子夫妇的《普罗米修斯之火》等节目。

吾妻德穗和宫操子年龄都与波子相近。

波子从年轻时,即十五年或二十年前开始,就一直观看这些人的舞蹈。吾妻德穗跳的是日本舞,宫操子则跳所谓"Neue Tanz"(新舞蹈)。他们都与波子她们的古典芭蕾风格不同,但波子对他们夫妻双双不离不弃、坚守舞蹈的故事深有感触。

波子也和那些人同样,经历了日本舞蹈的时代变迁。

波子看过江口隆哉、宫操子夫妇去德国留学时的告别舞会和回国后的首次会演,留下了新奇的印象。那好像是在昭和十年(1935)之前。

在"舞蹈时代来临"的喧嚣中,各立山头的舞蹈家们无节制地举办会演,其观众甚至比音乐会还多。

西班牙舞蹈家阿珩缇娜、特蕾希娜,法国的萨哈洛夫夫妇,德国的克罗伊茨贝格,美国的露丝·佩奇等人,也是在那个时期陆续来到日本演出。

当时波子曾听说,从佳吉列夫的俄罗斯芭蕾舞团初创时期即作为编导而闻名的米哈伊·福金也希望来日本,甚至还传言他要为宝冢歌剧团和松竹电影公司的少女歌剧编舞。

此前虽然也来了许多西方的舞蹈家,可其中没有一个专事古典芭蕾舞。因此,波子对福金非常期待。然而,此事最后却只以传闻告终。

其实波子从未观赏过正宗的芭蕾舞,她一直跳的只是芭蕾风格的舞蹈。古典芭蕾舞的基本功是否正确、掌握了多少,她自己也不太清楚。

摸索、怀疑和绝望都逐年在加深。

战争之后,日本也开始流行芭蕾舞,《天鹅湖》《彼得鲁什卡》等具有代表性的俄罗斯芭蕾舞作品,都开始由日本人表演。但波子还是感到底气不足。

她有时会对培养女儿学芭蕾舞和自己教芭蕾舞感到灰心和动摇。

在友子离开排练室后,她似乎进一步丢失了教芭蕾舞的自信。莫非一直是友子的奉献在支撑着波子的自信？

波子感觉疲惫不堪，她好像有点儿感冒，于是停课休息了四五天。

"妈妈，要不我去日本桥那边代几天排练课吧？"品子也很担心母亲，"友子回来之前，我去帮帮您不行吗？"

"她不会回来的。不过，她说还要回我这里，说不定哪天她就会回来……"

"我想去见见友子喜欢的那个人。不过，友子不告诉我那个人的姓名和住址。怎样才能知道呢？"

品子这样问，波子却只是有气无力地说：

"是啊……"

"问友子的妈妈不合适吧？"

"是不合适。"

波子无精打采地应着，心里却在琢磨，如果友子的母亲还像往年那样正月前后来家里问候，到那时自己该说些什么呢？

友子的母亲早年丧夫，依靠四五栋出租房把友子养大成人，但现在房子全被战火烧毁了。友子来波子的排练室帮忙之后，她母亲也去附近的商店做工。帮不上母女俩养家，波子总是感到心里难过，她把希望寄托在不久的将来。可友子的离去却比这"不久的将来"到来得更早一些。

到那个不久的将来，恐怕就不光是友子的事情了。波子深陷强烈的失落感之中。

波子想过,哪怕卖掉宝石、出让独屋也要救助友子。可友子了解波子的家境,深知不能过多地依靠波子,于是断然拒绝了。此外,波子似乎还意识到了自己与友子之间难以弥合的性格差异和生活差异。

"品子不要冒失地去见友子的母亲哦。也许她母亲什么都不知道呢。"波子说道,"另外,日本桥的排练室那边,没有友子也能维持,品子不用担心啦。你还是先别考虑给别人教舞的事情吧。"

波子担心自己的负面情绪会传染给品子。

而且,就在波子暂停排练课期间,东京的两个和服店主及京都的一个和服店主来到家里,三人都跟她讲述了遭窃的事。

东京的一个和服店主在拥挤的电车中被割破皮包,丢了很多钱,另一个则被人偷走了放在车厢架上的行李。

京都的那个和服店主在乘坐国铁电车去大阪的途中,被人抢走了放在膝头的提箱。就在发车前车门即将关闭的瞬间,强盗夺去提箱跳下了车。

"周围的人一片惊叫,被抢的人目瞪口呆说不出话来。"和服店主站起来憎恨地比画着说,"那强盗就这样单脚踩在车门边,摆出随时跳车的架势。"

波子向矢木讲了这些在年关时容易发生的恶性事件。然而矢木说道:

"嚯,还真凑得齐呀。真是像你的人都聚集到你这儿啦。"

"你这傻乎乎的热心肠,又在他们店里买了什么吧?"

矢木这样说,波子顿时语塞。

波子在京都的和服店给自己买了一件外套,对于东京两家店的商品她也犹豫了半晌。最后没能成交,她还有些自责。

看到一款上好的碎白纹结城绸罩衫,就想给矢木留一件。若在以前,哪怕有些勉强她也会给丈夫购置。想到这里,波子又多了一分自责。

那件碎白纹罩衫浮现在波子的眼前,她本想提及,却被矢木兜头泼了冷水。

"到年关了,有必要带大把钱挤电车吗?"

"话虽这样说……"

"知道关车门的瞬间常发生抢劫,就别坐在车门跟前啊。"

矢木淡然自若地继续说道,波子却焦躁不安。

"不该同情吗?以前经常照顾咱们……帮咱卖掉不少旧衣服呢。"

"那不都是生意吗?"

"也有不图利的时候。咱家可是老主顾。为我、为品子,他们一直用心挑选最适合的衣物。那些战前收存的上等品中,有些是和服店主不忍割爱的,卖给咱那是没把咱当外人哪。我真的为他们难过……"

"为他们难过?"矢木反问道,"难过什么?……你的声音怎么有些颤抖?"

这种平时不会在意的事情,此刻却让波子反应如此强烈。

那三个和服店主在战前都拥有相当规模的店铺。京都的和服店主因空袭被疏散到福井市,却在那里遇到了地震。战争过去已经五六年了,可直到现在还开不了店。三人在临近年关时遭遇盗劫,全都可怜巴巴地来找波子。

波子在受到矢木的嘲弄后想到,如果向那些来日本桥和自己家里学舞蹈的姑娘们呼吁一下,应该能推销出去一二十匹和服布料。于是她急忙装扮整齐去了东京。

排练室内只有学员们,她们如往常一样在练基本功,有两个看上去是早期的学员,在代替波子和友子离开队列进行指导。

"哎呀!老师,您恢复了吗?"

"您的脸色不太好啊。"

学员们聚拢过来围住波子,扶她坐在椅子上。

"谢谢。几天没来,对不起。只是看着有点儿弱,不会卧床不起的。"

波子抬头想看看周围的姑娘们,却忽然咳嗽起来,眼泪都出来了。

有位少女用手帕为波子擦拭眼泪。

"我没事。你们继续练习吧。我稍稍休息一下。"

波子走进小屋望着桌上的电话,然后拨号呼叫竹原。

竹原来到排练室的时候,波子还孤零零地坐在暖炉旁的椅子上,她的脸伏在搭住把杆的一只胳膊上。

"谢谢你打来电话。听你的声音和平时不一样,就立刻赶了过来。可那会儿我正在接待小型相机的顾客,关于出口的事儿。"

竹原来到波子面前,把帽檐塞在把杆和墙壁之间的缝隙里。

波子眼眶湿润,抬头望着竹原,额头还留着衣袖的压痕,眉毛也有些凌乱。

"对不起。"波子不经意地应道,"我有点儿感冒,还停了几天课。"

"这样啊!看上去还是很累的感觉……"

"各种各样累人的事儿嘛。"

竹原依然站着俯视波子。忽然间他挪开视线。

"我一进这房间闻到有股煤气味儿,不会中毒吗?"

"是啊。开始练习就会热起来,这就要关掉……"波子说着看看镜子,"哎呀,脸色煞白……"

她用指尖搓搓眉毛,像被人看到刚睡醒的样子一般难为情。她连口红都没抹好。竹原看看对面说道:

"排练镜还没装啊?"

"是的。"

当初找到这间排练室,就说要在一面墙上装排练镜。可到后来只在墙上装了两块裁缝铺的穿衣镜一般大的镜子。

"这哪里是什么排练镜呢。"

波子莞尔一笑,然而看到镜中自己的憔悴面容又心生忧虑。

头发也是四五天没好好梳理了,刚才在家只是用梳子向上拢了拢就跑来了。

以这种模样见竹原,波子倒也坦然,心中涌起久违的亲切感。

"今天本来也想在家休息的,可突然就想过来了。"

竹原点了点头坐到椅子上。

"听到电话里的声音,以为你出了什么事儿。进来前还想,波子应该不会一个人在这里吧。刚才那个样子,在想什么啊?"

"想什么来着……"波子的眼皮上带着愁容,"净想些没劲的事儿啊。护城河里那条白鲤鱼……"

"鲤鱼?……"

"对呀!日比谷十字路口附近的护城河拐弯,有一条白鲤鱼,对吧?我去看那条鲤鱼,还被竹原君数落了一通……"

"是啊。"

"后来我问过品子,原来那里有鲤鱼也不足为奇嘛。"

"一条小鲤鱼浮在护城河的角落里,路过的人都不理睬,却只停留在我的眼中,那就是我的性格。竹原先生,这是你说的吧?"

"没错。鲤鱼和波子小姐一样孤独,同病相怜。你在那儿盯着护城河那会儿,真想在你背上拍上一掌……"

"你还责怪我,说我该抛弃这种性格呢。"

"看你那样子,我都觉得难受啊。"

"就算没人理睬,鲤鱼也在这里游动着。我当时就是这样想的。所以后来又跟品子说嘛。"

"你告诉她跟我一起看鲤鱼了吗?"

波子轻轻地摇了摇头。

"品子说了,那里本来就是鲤鱼聚集的地方。傍晚,大概只剩一条了……领孩子去日比谷公园的游客,回家时把剩下的盒饭、面包渣和饭粒投下去喂鱼……那里本来就是鲤鱼聚集的地方,有一条也不奇怪啦。"

"是吗?"

竹原一边应答一边用眼神反问。

"我问过品子,她也像你那样指责我,就觉得自己怪可怜的。当时那条小鲤鱼很奇怪地选那么冷清的地方孤零零待着,我就好像感同身受似的。"

"就是嘛。"

竹原点头赞同。

"波子小姐就是经常那样。"

"我也觉得是那样啊。连一条不起眼的鲤鱼都会让我觉得可怜。虽说和你在一起,可看到那样的情景,还是突然产生了孤寂感……"

波子说到这里低下了头,目光忽闪了一下。

她的上眼皮微微泛红,脸颊也染上了红晕。

"对不起。"

波子似乎想缓解一下窒息般的感觉。竹原注视着波子。

"你就不能无视那些白鲤鱼吗?"

波子眨了眨眼睛,稍稍歪了一下左肩。竹原看到后心想,波子的肩膀或许是因为某种重负而变得僵硬的。

竹原站起身来,先是离开波子两三步,随即又走近她。

波子用右手捂着左肩闭上眼睛,忽然向前倾倒。

"波子小姐……"

竹原从侧面扶住波子,随即绕到身后抱住她,把她撑起。

竹原把自己的右手叠在波子的右手上,并轻柔地握住。波子的手指从他的掌心移开后,离开了肩头,那种凉幽幽的滑腻感沁润了竹原的全身。

竹原将上身前屈。

"太晚了啊。"

波子把脸扭开。

"太晚了?……"

竹原重复着波子的私语,然后语气强烈地说:

"根本不晚!"

可在否定之后,竹原才真正领会波子所说的"太晚了"的含义。

竹原像是有所迟疑一般一动不动。

波子的头发挨着他的下巴,耳垂就在眼前,后发际线下露出雪白的肌肤。

她今天没戴耳饰。

因感冒几天没能洗澡,所以她出门前比平时多洒了些香水,在卡朗黑水仙的芬芳中隐隐含着干草烤焦般的头发味。

竹原依然把右臂叠在波子的右臂上,波子的右手离开左肩后,就形成了竹原轻拥波子酥胸的姿势。竹原感受到了她激烈的心跳。尽管并未触及那里,他却感受到了波子心脏的搏动。

"波子小姐,绝对不晚啊!"

波子轻轻摇头,刚才转开的脸又扭回来正对着竹原。

竹原用胸膛支撑着波子,嘴唇贴近波子的上眼皮。刚才他也是想先吻波子的眼皮。

波子闭上了眼睛,她的眼皮仿佛在诉说,那感觉比嘴唇更温馨、更哀伤。

可就在竹原亲吻前,泪珠从波子的眼皮间滚出,挂在了睫毛上,叠绕着濡湿睫毛的双眼皮曲线愈显凄美动人。

转瞬之间,波子的眼泪从眼角涌出。

竹原想要把嘴唇贴近波子的泪珠。

"不要这样。我害怕。"波子摇动着肩膀,"我害怕。有人在看。"

"有人在看?……"

竹原抬头仰望，波子也看向上方。

对面的采光窗外可以看到行人的腿。

窄长的窗口略高过外边的人行道，只见行人的下半截腿在来回穿梭，看不到膝盖，也看不到鞋子。

地下室明亮晃眼，行人脚步匆匆的街道已暮色苍茫。

"我害怕啊。"

波子摇晃着想要站起，竹原一松手，失去重心的波子向前踉跄了一步。

"放开我……"

波子径直向前走去。

竹原望着波子离开，却感觉自己仿佛依然在拥抱着她。

"咱们走吧？"

"好的。稍等一下……"

波子看了一眼镜子，立刻像惧怕自己似的离开了壁镜。

波子当晚九点之前回到家里，比品子早些。可能品子还要设计和指导舞蹈动作吧。比品子早到家让波子松了一口气，她觉得这样便更好解释了。

她拨开丈夫房间的隔扇门，手指依然用力抓紧把手。

"我回来了。"

"这么晚啊。"矢木在桌前转过身来，"你出去一趟，身体没事儿吧？"

"没事。"

"那太好了。"

矢木拿起锡制茶叶罐朝波子摇了摇。

"这里面已经空了。"

波子到客厅刚要从罐子里倒出玉露茶,可手一抖,把茶叶撒到榻榻米上了。

但当她端来玉露茶时,矢木已开始写作,并没看她。

"要工作到很晚吗?"

波子本想默默地退出,但还是开口问了一句。

"不,天冷,早点儿睡吧。"

波子返回客厅,把撒落的茶叶扔进火盆。

青烟虽已消散,但焦味犹存。

波子很想在房间里轻松漫步几圈,却又暗自抑制住了这个想法。

她原想回到家就直奔排练室弹会儿钢琴,也没能做到。

归途的电车中听到了贝多芬的《春天奏鸣曲》,这首乐曲中有她和竹原的回忆。遥远的往昔由音乐贯穿,既可变成遥远的梦,亦可变成身边的现实。

"要是品子回来看到就危险了。"波子自言自语道。

要想不被品子看透自己难以掩饰的窃喜之情,除了藏在被窝里别无他策。本来就有感冒迹象,早进被窝想必不会引起矢木和品子的怀疑。

刚才离开日本桥的排练室后,波子应竹原之邀去了西银座的大阪料理店。但她仍惴惴不安地惦记着回家的时间。可在新桥车站与竹原分别后，她反倒任凭感情的堤坝溃决，让思绪奔涌而出了。

回到丈夫身边之后，反而没有了对丈夫的畏惧。

"啊……"

波子铺被褥时，差点儿惊呼出声。

她心中闪电般地掠过一个念头：此前在护城河边和在日本桥排练室里跟竹原在一起时恐惧的发作，不正是爱情的迸发吗？

波子扔下被褥坐在上面。

"哪会有这种事儿？"

她强烈否定这个念头后躺进被窝里，心情镇定下来，却仍像惧怕那道闪电似的合掌诵经。

在她要逐个回想《大日经疏》中合掌的十二礼法的时候，矢木进了屋。

双手十指和掌心紧贴为"坚实合掌"，掌心间稍留空隙为"虚心合掌"，手掌稍弯呈花蕾状为"未敷莲合掌"，双手拇指和小指相抵、另外三指相离为"初割莲合掌"，双掌相合、十指相叉为"金刚合掌"或叫"归命合掌"。至此皆为名副其实的合掌，易于记住，不会轻易忘掉。

而其余的七种掌法，如双掌上仰、屈指做掬水状的"持水合掌"，掌背相合、手指相叉的"反叉合掌"，双手仅拇指相抵、掌心向下的"覆手合掌"……这些不似合掌的"合掌"，波子就记不过来了，即使能做出手形也说不出名称。

波子为想起这些名称从头重复了两三次，终于做出了"归命合掌"。

"怎么样？……你睡下啦？"

矢木拨开隔扇门，在昏暗中窥探波子的睡态。

波子吓了一跳，赶紧把合掌的双手收在胸前。

"归命合掌"其实是死人的合掌，表现的也是蜷缩着身体心惊胆战的姿势。这手势既可看作乞求赎罪，也可看作乞求怜悯。

波子紧紧地握住交叉的手指，死死地按在胸口。

她觉得矢木可能已觉察到竹原的存在，过来是要训斥自己。

"出一趟门，果然累坏了吧？"

矢木把手贴在波子的额头上。

"哎？没发烧嘛。"

矢木说完，又把自己的额头贴在波子的额头上。

"倒是我的比你的热。"

波子像要躲避矢木似的，抬起胸前的手按住自己的额头，突然大惊失色。

"哎呀，不要！我还没洗澡，都六天了。"

她控制住自己，没有颤抖。

她还努力掩饰早已崩溃的心态。

而当绝望袭来时，她好像反而冲破了不贞的恐惧感和负罪感,获得了解脱。

波子的眼泪夺眶而出。

过了一阵,矢木从客厅问道:

"喝杯热柠檬汁怎么样?"

"好啊。"

"要加糖吗?"

"多加些吧。"

波子想起,自己刚到家时曾问道"要工作到很晚吗?"

矢木该不是听成了自己在暗示他吧?她咬住了嘴唇。

波子喝着热柠檬汁,听到品子回家的脚步声。

"妈妈呢?"

品子刚进客厅就问道。

"她去了一趟东京,很累,已经睡下了。"

矢木大声回答,让波子也能听到。

"哎呀!妈妈出去了吗?"

品子像是要进波子的卧室,矢木叫住了她。

"品子。"

品子好像坐在了父亲的面前。

波子竖起耳朵想听听矢木要说些什么,并左右翻身把乱发拢起。

矢木叫住品子不让她来卧室,就是想让自己有时间整理一下吧。波子忽然意识到这点,停下了忙乱的手指,一动不动。

"爸爸,那是热柠檬吗?"

见父亲默不作声,品子就开口问道。

"是啊。"

"那我也要。"

波子听到那边向杯子里倒水并搅拌的声响。

矢木像是在注视着品子手上的动作。

"品子……"矢木又呼唤道,"我看了高男的笔记本,他说:'一个哥哥和一个妹妹,世上没有比这更亲密的人了。'"

这话叫人摸不着头脑,品子应该正望着父亲吧。

"这是尼采给妹妹信中的一句话。"矢木继续说道,"品子怎么看?你和高男不是一个哥哥和一个妹妹,而是一个姐姐和一个弟弟,和尼采相反。看样子高男觉得这句话说得很好,就把它抄在笔记本上了。尽管年龄上下相反,但都是一男一女、只有两人的一母同胞。'世上没有比这更亲密的人了',这话说得好吧?"

"说得好呀。"

"高男就这样想呢。所以,品子你也在哪里写上尼采这句话才好……"

"好的。"

波子听到了品子顺从的应答。

但是,品子像忽然想起什么似的问道:

"爸爸是一个哥哥和一个妹妹吧?"

品子说得漫不经心，可波子听到后却心头一惊。

矢木和他的妹妹早已形同陌路，如今已完全断绝了往来。

矢木的妹妹依靠波子娘家的扶助，从女子高等师范学校毕业，与矢木的母亲一样成了女教师。随着年龄越来越大，妹妹疏远了哥嫂。这是矢木的过错，妹妹的过错，还是波子的过错？恐怕都有吧。这也是自然的结果。但是，波子与丈夫的妹妹在生活和性格上都有很大差异，她们合不来也是事实。当波子看到这个小姑子时，也看到了从婆婆传到自己丈夫身上的东西，让波子感到自己与她不是一个世界的人。

矢木听品子提到妹妹的时候会怎样回答呢？波子在等待。

"这么说来，和你姑姑很久没见面啦。要不，到正月给她寄一张大家署名的贺年卡吧。"

品子似乎不管父亲的避实就虚。

"爸爸今早提到尼金斯基的事儿了吧？尼采和尼金斯基那些精神失常的天才的事儿？尼金斯基也是在小时候死了哥哥，家里只剩一对兄妹吧？"

当晚高男回家也很晚，矢木向品子提起高男的事情。躺在卧室里的波子感觉这些话似乎是说给自己听的。

莫非矢木已看穿了波子与竹原的幽会，在绕着弯子教训作为母亲的波子吗？一个姐姐和一个弟弟，一个父亲和一个母亲，这个世上没有比这更亲密的人了……

品子似乎也猜到了几分父亲的意思，但她说起矢木的妹妹，又说到尼采精神失常，也就岔开了关于波子的话题。品子本没打算嘲讽父亲，可波子在背后听了也着实吃惊不小，一时间失魂落魄。

"妈妈！"

品子呼唤道。

波子此时不能应声。

"妈妈睡着了？"品子问父亲，"妈妈也喝了热柠檬吗？"

"哎哟！真不像话。"波子禁不住浑身颤抖起来，"这孩子怎么这样？"

她发现，卑劣和恶浊，这些潜藏女人内心的东西开始在品子身上作祟。

"妈妈也喝热柠檬？"

不过，品子只是出于关心才那样说的吧。

波子长舒一口气又想到，不像话的难道不是自己吗？她的头脑中只留下自己的可憎形象。她感到被自己的丑陋激怒，莫名的憎恶心理发作了。

她觉得，躺在这里的正是一个丑陋的女人。

是自己刚才心怀愧疚，因此才在回到家之后向丈夫发出暗示吗？还是说因畏惧罪恶的迹象，就反常地主动沦溺在波涛之中？此乃对丈夫和对情人产生的双重罪恶感。然而愉悦感却似乎也因此而加倍了。另一方面，对丈夫和情人也许都叠加上了莫名其妙的罪孽。

波子还想以憎恶感、愧疚感和绝望感巧妙地掩饰什么，但今天她拥有了一副新的身体。

这是为什么呢？难道是因为没有拒绝竹原吗？

竹原看到波子恐惧的样子，连她的嘴唇都没碰一下，但波子并非因恐惧才拒绝竹原的。

那种恐惧感的发作其实就是爱情的迸发吧？当心中闪电般产生此念，将手中的被褥掉在榻榻米上时，或许就是决定波子命运的时刻吧。

那道闪电似乎照出了波子的本来面目。

波子心想，也许那种恐惧的假面具把竹原和自己都蒙骗了。

吾妻德穗和藤间万三哉夫妇的舞剧《长崎踏绘》在帝国剧场演出四天，波子去观看了最后一天的演出。

开演时刻是五点钟，但波子两点就从北镰仓出发，顺路去了银座的贵金属商店卖掉了戒指，就是那枚要送给友子的戒指。

波子边走边犹豫着：是否该把换来的钱送给友子一些？

"如果上次友子收下这个戒指，就不会有这些麻烦事儿了。"

友子此前曾受波子委托去过贵金属商店，大概她也会卖给这家店吧。

没过几天，波子却为了自己来卖戒指了。她心想：如果把钱都带回家，分给友子的那份又会减少。

波子决定委托邮递员把钱送到友子家，于是返回了新桥车站。

她正在邮递员聚集处清点千元纸币时,突然发出"哎呀"一声并转回头去。她以为竹原用手摸了一下她的肩膀。

然而,那只是其他顾客的行李触碰到了她的肩膀,站在面前的是个与竹原毫无相似之处的年轻男子,拿着不知何物的窄长行李。

"对不起。"

"没关系。"

波子脸红起来,胸中涌起热浪。

她重新数好一万日元,包在手帕里,并在手帕上写了友子的住址。

"哦?把钞票包在手帕里托送啊?"营业员非常惊讶,"这里有袋子呀。给您拿一个吧?"

"好的。"

波子刚才有些慌乱,情急之中想到了手帕,竟没意识到这样很滑稽。

她离开了那个让自己出丑的地方,不禁咯咯地窃笑起来。

她边走边考虑该给友子送多少钱,同时看到了各处服装店橱窗里的男装,想到竹原穿上的样子。在她眼里,街上只有适合竹原的服装才闪闪发光。那些服饰在等待着她,呼唤着她。竹原穿上那些服装的身影又立刻浮现在她眼前。

友子的事情安排停当后,服装店里的男装看上去便更加令人眼前一亮。波子望着橱窗里的围巾,想象自己正在触摸竹原的脖颈。她身不由己地走进了商店,买下了那条围巾。

"啊,开心。不过像是托了友子的福才买的。这算是给你的临别纪念礼物吗?……"

波子自言自语,又买了一条毛织领带。

她走过曾与竹原一起漫步过的护城河畔,前往帝国剧场。她到得太早了。

来到二楼,只见休息厅的立柱和墙上挂着林武和武者小路实笃等人的绘画作品。波子困惑这是怎么回事儿,却见那边设置了"花与和平之会"的小卖场,还有诗人和作家签名的美术方笺,看样子绘画作品也属于该协会。

波子靠在舒适的长椅上,观赏林武的色粉画《舞娘》。

"波子夫人。"她的肩膀被拍了一下,"看得好陶醉啊。"

手和声音都一样。这次该是竹原了吧?然而她还是大吃一惊。

"久疏问候。"沼田郑重寒暄道。

"好久不见……"

"真高兴在这儿见到您。"沼田坐下之前回头看了一眼《舞娘》,"这幅画真不错呀。嗯,还拿着折扇……"

沼田说着走近那幅画。

波子担心,要是回家前一直被他缠住该如何是好……

体胖身重的沼田坐在旁边,波子的身体也向长椅下沉一边倾斜。她悄悄地挪开了身体。

"我上个月见到过矢木老师……"

"是吗?"

"我收到他从京都寄来的信,约我去幸田屋。我以为有什么事儿呢。跑去一看,好像什么事儿都没有。我断定是要谈波子夫人的事,矢木老师像是要从我这里打探什么。比如竹原的事儿、香山的事儿……"沼田说着观察了一下波子的表情,"我随意敷衍了几句,还说起波子夫人的青春呢……"

波子轻轻一笑,想以此掩饰心动,却不由得腮边飞霞。

"今天见到您,真让我惊讶不已啊。这样说吧,您就像炫丽绽放的鲜花一样娇艳动人呀。"

"够了……"

"不,您看上去真的像一朵盛开的鲜花。"沼田重复了一遍,"我还向矢木老师建议,让夫人重返舞台呢。"

"哪有可能呀。我都考虑关掉排练室了……"

"为什么啊?"

"没信心了。"

"信心?……夫人,你知道东京有多少家芭蕾舞培训所吗?六百啊,六百……"

"六百?"波子大为惊讶,出乎意料,"哎呀!太惊人了。"

"听说是好奇之徒调查来的,大阪有四百家……"

"大阪有四百?……真的假的?简直不敢相信呀。"

"要是再加上各地方城镇,那可是个大数字呢。"

"有人写文章,说芭蕾舞不属于义务教育。话虽如此,可现在简直是芭蕾的狂热时代呀。女孩们就像患流感一样得了舞蹈病。有个舞蹈家听税务署的人说,如今能大把赚钱的就是新兴宗教和芭蕾舞。"

"会有这等事儿……"

"但我觉得,这种芭蕾热潮有些不正常。古典芭蕾舞并不适合日本人的生活习惯和体格特征,基本规范不清晰,仅凭随意编排的动作就搞会演。听起来像牢骚,可全国各地无数的女孩儿都开始蹦啊、跳呀、转哪,这真是太可怕啦!绝大多数人都被淘汰了啊。只要有堆积如山的淘汰品,总能从中产生优秀的人才。坑蒙拐骗的教师越多越好,毫无成才可能的人越多越好。任何事物都是这样成气候的吧。我非常乐观,日本的芭蕾舞大有希望,我的工作也会的。"沼田越说越起劲,"就算东京的芭蕾舞培训所数量从六百发展成一千,也没什么可惊讶的。水平低的越来越多,夫人的排练室自然会水涨船高……"

"你这个说法好神奇呀。"

"不管怎样,不能打退堂鼓啊。波子夫人的生活不能没有芭蕾哦。"

"生活?……"

"就是生活呀。要加强商业意识。我说是职业不会失礼吧?近段时间学芭蕾的女孩,很多都想把它当成职业,要当专家呢。"

"是呀。我就觉得那样很可怕呀。"

"可不这样不行呀！否则不就成小姐们的消遣了？……夫人出资的时候承蒙您颇多关照，我要尽最大的努力报答恩情。首先要举办波子夫人的演出会。新春伊始，正好为演出季打头阵。矢木老师那里我去协商，不是问题啦。此前已跟老师提过，要鼓动夫人重返舞台呢。"

"矢木说什么啦？"

"他说四十岁的女人上台，顶多跳到下一场战争之前，昙花一现。哼，二十多年都靠夫人养活，还说这种话，算什么呀？！那种男人……还什么'我带的表从来没错过一分钟'。自己的老婆都要疯了，还说什么表呀？"

"我疯了吗？"

"疯了。但没有矢木老师那么疯，他太小家子气了……夫人，去恋爱吧！在恋爱中重新上上发条。"

沼田瞪大眼睛凝视着波子。

"现在离婚应该时机不错。如果说余下的能跳舞的时间很短暂的话……今天的夫人好美！像盛开的鲜花……"

"你今天怎么啦？"

"该我问夫人呢。昨晚跟竹原漫步银座了吧？有人看见了呢。"

波子以为被沼田看见了，心头一惊。

"只是商量了一下排练室的情况啊。"

"不管是商量还是什么的，放心去干好了。您打算背叛矢木老师的话，我做您的盟友。排练室正好在日本桥的中心，又离东京站很近。只要夫人经营得当,就会有惊人的大发展呀。让我来助您一臂之力吧!"

"啊,这……不过,我那里的友子,您知道吧?要是有让她赚钱的路子,正想拜托您呢。"

"那孩子不错。可是,靠她一个人未必能叫座呢。让她和品子小姐搭档怎么样?"

"别提品子了,她是大泉芭蕾舞团的人呢。"

"再考虑考虑吧。"

开演的铃声响起。

沼田跟在波子后边,撑着沉重的身体站起来。

"夫人,听说崔承喜的女儿阵亡了,您知道吗?"

"哎呀!那孩子……"

波子想起了那个十岁上下、身穿友禅染花宽袖和服的瘦高个儿少女,经常在演出会的走廊上看到她。那孩子衣服上的肩褶浮现在眼前,还化着淡妆……

"那孩子挺可爱的。对了,她和品子年龄差不多吧?是共产党军队的女兵?……是去前线慰问演出?"

波子这样说着,可脑海中仍是那个身穿友禅和服的少女形象。

"听说崔承喜一度逃亡中国,因为她是北朝鲜的国会议员嘛。听说还办了一所舞蹈学校。"

"是吗?最近我还和品子谈起崔承喜呢。那女孩儿阵亡了吗?"

波子就座之后,那个少女的身影仍未消失,仿佛与波子自己的内心纠葛交织在一起了。

沼田说话还是那么不着调,因此关于沼田说有人看到她和竹原在一起的事,波子有些半信半疑。那也无可奈何。可是今晚还要与竹原在此相会,波子犯难——如何才能避开沼田的眼睛呢?

波子知道竹原会迟来一会儿,却还是忍不住时而环顾观众席,时而回头看门口,总是心神不定。

确实如沼田所言,他是波子的盟友。即使作为经纪人,与其说波子被他利用,不如说是波子在利用他。沼田长期不知疲倦地纠缠波子,以待有隙可乘,甚至想把品子也当成工具。他看到波子坚决不上钩,便说要等新的机会。就是说,他打算等波子和别的男人恋爱乱了阵脚之际,抓住这个机会。

波子感到,对于沼田,既不必过于客气,又不能放松戒心。

这两三年来,波子总是尽可能地躲避沼田,沼田也自然而然地有所疏远。两人一见面,沼田就必定要说矢木的坏话。随着波子的心逐渐不在矢木身上,她反倒愈发地厌恶沼田。

《长崎踏绘》是长田干彦创作的五幕七场的新舞剧,表现了一出殉教变为悲恋、悲恋变为殉教的故事。

作曲是大仓喜七郎(听松),由大和乐团演奏。虽说加入了西洋乐器,但依然算是日本风格的音乐,所以该剧中既出现了"清元小调",又有赞美歌合唱。

剧中第一个场景是诹访神社的秋祭。选择神社祭祀之日的场景,可能是因为其具有与被禁的基督教相对立的色彩,或是为了表现祭祀舞蹈吧。

"看过《彼得鲁什卡》中的祭祀场面,就觉得日本的祭祀太冷清啦。"幕间休息时沼田说,"日本的'物哀'情调就是那个样子吧。"

为了避免再被沼田逮到,波子决定下次幕间休息时不去走廊了。

尽管昨天波子把入场券交给了竹原,但座位不在一起,她为此更加坐立不安。

等到临近结束的第六个场景之前,竹原终于来了。他站在入口处,睁大眼睛搜寻下方的座位。

"在这儿呢。"

波子招呼了一声,起身向上走去。

"唉,我来晚啦。"

"我以为你不来了呢。"

波子忽然抓住了竹原的手,意识到之后赶紧收回,手中却留下他一只手套。这是在帮竹原脱手套吗?

"佩卡里?"

波子拿起手套看了看,然后装进竹原的衣袋里。

"佩卡里?"

"美洲野猪的皮。"

"我不知道啊。"

"沼田先生来了。他说昨晚有人在银座看到咱们了……"

"是吗?"

"我想出去,别让他在这儿再看见。"

波子正想下台阶去座位的方向。

"哎哟,我腿有点不对劲儿呀。刚才等你,膝盖上面太用力了。"

波子说完,放松了一下肩膀就离开了。

大幕拉开,舞台上成了刑场的场景。

外表惨不忍睹的殉教者们被强行拉走,名叫清之助的工匠也被处以磔刑。他的恋人阿市夜里潜入刑场,望着绑在十字架上的清之助美丽的遗容起舞。

波子看着吾妻德穗的舞姿,泪水夺眶而出。竹原已来到剧场,这段舞蹈她便得以看得完整。她内心的感动是真挚而鲜活的,绵绵无尽。她仿佛在为自己而感动。

可是当大幕落下时,波子立刻站起,像是在向竹原示意一般走了出去。竹原也看着波子,被她招引到外边。

"还有一场'踏绘'戏,不过咱们还是溜出去吧。"

"溜出去吗?"

"你害怕了? 我不会再说害怕了……"

竹原本以为波子是怕沼田看见才溜出来。听到她说不害怕了的时候,那从嗓音底部透出的婉媚,让他大为惊愕。

"好容易来一趟,却只看了一场啊。"

波子反倒很愉快的样子。

"我好像也只看了一场哦。不过,吾妻先生的舞蹈真有魔力呢。前面我一直心不在焉,忽然清醒,看到他在台上跳舞。服装也很漂亮。胭脂红的天鹅绒缀着银色波纹,黄色的天鹅绒上绣着花草。两件都是天鹅绒的衣服吧?"

然后波子让竹原看了手中的纸包。

"我觉得这条围巾很适合你,就买下了。"

"给我?"

"要是不合适就麻烦了啊……"

"很合适呀。咱们这么长时间,太了解彼此的身形了,怎么会不合适?"

"啊,那太好啦!"

但波子似乎还是有些过意不去,又说起了友子的事情。她说她自己卖了戒指,给友子寄了钱,还买了这条围巾。

在和矢木结婚之前,波子与竹原的关系时近时远,前后持续了二十多年。像这般向竹原吐露心事,并非现在才开始的事。

波子虽说有些犹豫,但还是说出了矢木私下存款的事情。

"那样啊。"竹原似乎在沉思什么的样子,"我怎么觉得他怪可怜的呢。"

"矢木可怜?……"

"不过,也许不只是可怜那么简单的问题。"

两人避开日比谷的电车大道,走进昏暗的小路里,当他们来到昂座剧场前的灯光下时,波子不经意地一回头,只见高男站在那里。

高男注视着母亲。

"妈妈。"

高男先唤了一声,随即从昂座剧场售票处走下来。

"哎呀,你在干什么?……"

波子用力站稳双脚问道。

高男回答说同朋友一起来买票。波子简短地问道:

"现在吗?"

"是的,我和松坂君……我想让妈妈见见松坂君……"

高男说完又向竹原致意。他态度诚恳,波子为此稍稍镇定了一些。

"这是松坂君,最近和我最亲密的朋友。"

波子望着站在高男身边的松坂,有种在梦中碰到妖精的感觉。

竹原既不像面对波子,也不像面对高男一般地说:

"找个地方休息一下吧。高男也一起,好吗?"

他们来到银座,走进了附近的奥夏尔饭店。

竹原在门口寄存帽子时,波子从背后拿出包着围巾的纸包递给他。

"回家时把这个也带上。"

山那边

品子领着四个新进研究所的少女去了银座的吉野屋。

她们都是十三四岁的女学生,作为同班同学同时入门,确实是件稀罕事。她们四人都梦想成为芭蕾舞明星。

她们急着要买芭蕾舞鞋。尽管品子劝告说,不能一上来就穿舞鞋用脚尖站立。可对于少女们来说,舞鞋正是她们憧憬的起点……

品子还是领她们来到鞋店。

走进吉野屋,少女们似乎对于买芭蕾舞鞋颇为得意,还对买普通鞋子的女顾客露出轻蔑的眼神。

让陪同的男人买鞋的女人,表情多种多样。而独自卖鞋的女人会再三犹豫,有的表情深沉,有的着急上火、满脸通红。品子在远处观望,感到这也是个奇妙的世界。

品子说,自己接下来要顺路去母亲的排练室,然后去帝国剧场观看《普罗米修斯之火》。少女们欢呼雀跃,都想跟着一起去。

"真想在排练室里一起穿上它试试呢。可以吧?"

有个少女说完,就在银座大街边穿着女学生鞋踮起了脚跟。

"那可不行。大泉研究所的学员在别的排练室穿芭蕾舞鞋,太不像话啦。"

"那是品子小姐的妈妈呀,又不是外人嘛。"

"我妈妈那就更不行啦。不知道别人会怎样说我呢。"

"只看看排练,总可以吧?真的好想看呀。"

"那也不行,刚进大泉所,怎么可以随便去别处参观呢?……"

"那就送到门口行不行?"

如果看完《普罗米修斯之火》,时间就很晚了。品子为了让少女们回家,就说江口舞蹈团的技巧与古典芭蕾舞不一样。然而一个少女说:

"能当参考吧?"

"参考?……"品子笑了出来。

于是,满怀希望和好奇心的少女们簇拥着品子来到了波子的排练室。

品子领来观摩的少女们用认真的眼神看着地下室走出的排练结束的少女们。她们都是穿芭蕾舞鞋的同类,而不是穿普通鞋的女人。

品子和少女们分别之后，自己走下排练室。

波子正在小屋里和五六个学员更衣。

品子在这边等候，打开了摆在小桌上的留声机播放唱片。那是贝多芬的《春天奏鸣曲》。

她也知道，这首乐曲中有母亲对竹原的回忆。

"让你久等啦。"

波子从小屋里出来，用这边的镜子再次看看头发。

"品子，高男有个朋友叫松坂，那孩子你见过吗？"

"我听高男说过那个朋友呀。倒是没见过，长得非常好看吧？"

"好看啊。与其说好看，不如说美到惊艳，像妖精一样……"

波子像是在追寻她的幻想。

"昨晚高男介绍给我了，就在我从帝国剧场回家的路上。"

自己去看《长崎踏绘》的事品子也知道，与竹原会面又被高男看见，品子早晚也会知道的。波子想到这里说道：

"居然会有这种人。不像是地面上的人，也不是天上的人。他和日本人大不相同，可也没有洋里洋气的感觉。肤色偏黑不黑，也不是小麦色。我感觉，就像在皮肤上还蒙着一层皮肤，泛着点微妙的光泽呢！他像个女孩儿，却又有男人的特征……"

"这是妖精吗?还是佛像?"

品子轻声说着,诧异地望着母亲。

"恐怕还是妖精吧。高男居然和那种人是朋友,我都觉得高男有些不对劲儿了……"

松坂给波子留下了不祥的天使一般的印象,这倒是千真万确。

当时波子和竹原正走在街上,高男意外地出现,波子当即两腿发软、眼前发黑。昏暗之下,松坂仿佛站在妖光中一般。这就是波子的印象。

波子先是被沼田看到,后又被高男看到,就在她无路可走怀疑命运时,松坂意外地出现了。

刚才进了奥夏尔之后,波子就喝着红茶漫不经心地看着松坂。她感到自己和竹原的关系似已到尽头,或者说濒临破裂,她内心痛苦万分。而毫无关联的松坂此时来到身边,美艳得仿佛妖精一般。波子觉得,这也许是命运的某种暗示。

高男和这位朋友在一起,竟没有奇怪的感觉。松坂的美艳,也许在不可思议地发挥着作用……

店内深处的座席旁挂着一道薄帘。松坂的脸庞浮现在薄帘的浅蓝色中,透过薄帘隐约可见宴会厅。波子只得与竹原告别,同高男一起回家了。

直到今天,松坂的印象依然像波子自己的影子般挥之不去。

"高男从什么时候开始和他成朋友的?"

"不就是最近吗？好像亲密无间呢。"品子答道。"妈妈，还要继续放音乐吗？"

"不用了。咱们走吧！"

《春天奏鸣曲》唱片的第一张背面是"第一乐章：快板"的结束部分。

品子边收起唱片边问道：

"这是什么时候拿到这边来的？"

"今天。"

波子心想，今天已不能和竹原会面了。

波子要连续两天去帝国剧场。

今天是江口隆哉和宫操子公演的第一夜，有不少受邀而来的舞蹈家、舞蹈评论家和音乐记者是波子的熟人，所以她没邀请竹原。此外，昨晚的事也使她心存忌惮。

今天是品子邀约波子一起来的。她已听高男说过母亲昨晚与竹原相会的事，但并未料到母亲今天还想见竹原。

波子打算给竹原打电话，一直等到学员都离开。可品子一来，电话也就没有打成。

她已被偏向父亲的高男看到，但昨夜到今晨，矢木并没说过什么，也没发生任何冲突。波子只想打个电话，把这些告诉竹原，只要听到竹原的声音，她也就了却心事了……

电话没打成，波子烦闷不已。

"最近看舞蹈会都感觉厌烦呢。"

"为什么？"

"可能是不想被老熟人看到吧……撞上了，对方要为寒暄发愁，我也不知道该怎样应对。时代已经变啦！没有我的位置了。从他们脸上能看出来，他们就像遇见了早已忘掉的人……"

"不会的啦！只是妈妈自己那样说嘛。"

"我说的没错呀。战争时期我确实是被冷落了呀。也许是我自己造成的。战前的人，在战后会产生厌世心理吧。这种情况，世上怕是不少。如果内心脆弱的话可能就……"

"妈妈内心又不脆弱……"

"是啊。以前有人忠告我说如果这样下去，孩子们也会变脆弱的。"

那是竹原向波子提出的忠告，当时波子正朝皇居护城河畔走去。

从京桥通往马场先门的电车大道，钻过国铁的高架桥，行道树虽然高大，但叶子已经落光。皇居的林梢上空升起了细弯的月牙。

其实波子心中摇曳着青春的火焰，因此不禁说出了相反的话语。

"不管怎么说，还是得登台跳舞才行呀。宫女士他们果然了不起呢。"

"宫女士的《苹果之歌》? 还有《爱与争夺》?"

品子说出了舞蹈作品的名称。

《苹果之歌》由吉普女郎伴随诗朗诵起舞。《爱与争夺》是复员军人的群舞，他们身穿褪色的汗渍渍的军服或白衬衫和黑裤，女人穿着连衣裙。

这种舞蹈在古典芭蕾中不可能出现，其中还融入了战后现实生活的逼真样态。品子以前看过，至今都还记得。

"战前的人还跳得那么出色的，不只有宫操子女士啊。妈妈也跳吧。"

"试试看吧。"波子也这样答道。

六点钟开演，母女俩提前二十多分钟到场，为避人眼目，她们就在座位上一动不动。今晚还是在二楼。

品子说起了四个女学员的事。

"是吗？四个人约定一起？"波子微微一笑，"不过，在她们那个年龄，品子已经登台表演过很多次啦。"

"是的。"

"前几天，妈妈这里也来了个四五岁的女孩儿要学跳舞呢！说是想当芭蕾舞演员……但不是孩子的意愿，而是妈妈的啊。有的孩子四五岁开始学日本舞蹈，也有孩子学西洋舞蹈。不过我拒绝了，说至少要等孩子上小学以后再来。当然，我不可以取笑那个妈妈呀。因为我也是从你出生时起就想叫你跳舞呢。也没按照孩子的意愿。"

"是孩子的意愿呢。我可是四五岁时就想跳舞了嘛。"

"那是因为妈妈跳舞，而且有舞蹈表演会时，就牵着这么小的孩子……"波子把手掌悬在膝前,"牵着品子的小手去参加。"

不过演奏乐器的神童也是父母培养出来的。特别是在日本传统技艺方面,像什么掌门人啦、流派啦、名分啦,父母传给子女很多传统的规矩,孩子就好像被命运束缚住一样。

波子也曾将品子与自己的事从这一角度去考虑。

"我从这么小的时候起……"这回是品子向前伸出手来,"就希望像妈妈那样跳舞呢。能和妈妈一起登台表演的时候,我太高兴了。那是多少年前的事儿了?妈妈,重新登台跳舞吧。"

"是啊。趁妈妈还能跳,再上舞台为你做个陪衬吧?"

昨天沼田还向波子建议举办春季作品演出会。

但是相关费用该怎么办?波子现在还没有任何头绪。因为心里一直浮现着竹原的身影,故而对可能产生的某种联系感到恐惧。

"不知那几个女学员来了没有,我去找找吧。我跟她们说两种舞蹈的技巧不同,想叫她们回去,她们却说可以借鉴一下。真让人吃惊啊!"

品子起身离去。开幕铃响,她返了回来。

"她们好像回去了。也可能上了三楼。"

演出开始,先是短舞,《普罗米修斯之火》是第三部。

这场舞剧由菊冈久利创编,伊福部昭作曲,东宝交响乐团演奏。

这部四景舞剧描写了希腊神话中的普罗米修斯。从序幕的群舞开始它就与古典芭蕾舞有所不同，品子被深深地吸引住了。

"哎呀！裙子是连在一起的啊！"

品子惊讶道。十余名女舞者在跳序幕的群舞。她们的裙子都连在一起，好几个女人在一条裙子里跳舞。她们翻动着滚滚不息的波浪，忽而横向展开，忽而朝中心收缩，暗色调的裙子仿佛某种象征性的前奏。

接下来是第一景，尚未拥有火种的人们在黑暗中群舞。第二景是普罗米修斯用茴香枝盗取太阳之火的舞蹈。第三景是普罗米修斯把火种交给人类后，众人欣喜若狂的群舞。

盗取火种交给人类的普罗米修斯，在最后的第四景中被绑上高加索的山岩。

第三景是火之舞，也是整场舞剧的最高潮。

在昏暗舞台的正面，普罗米修斯送来的火种熊熊燃烧。火种在一双双手之间传递，得到火种的人们成群结队站满舞台，跳起欢天喜地的舞蹈。有一个男人加入五六十个女人中间，人人都举着燃烧的火把起舞，火光将舞台映得辉煌灿烂。

波子和品子都感到，舞台上的火种也在自己心中燃起熊熊烈焰。

舞蹈的服装朴实无华，因此在微暗的舞台上，裸露的舞动的手脚更显鲜活灵动。

这台神话舞剧中的火意味着什么呢？普罗米修斯又意味着什么呢？

看过演出之后，品子仍在回溯留在脑海里的舞蹈场面，觉得似可从各个方面解读其中的内涵。

"先有人类欢庆获得火种的舞蹈，紧接着下一场中，普罗米修斯就被绑在山岩上了呢。"品子对波子说，"他身上的肉和肝脏都被黑鹫啄食……"

"是啊。四景的结构设计也挺好的呀。场景的转换也给人留下鲜明的印象。"

两人缓缓地走出剧场。四个女学员在等候品子。

"哎呀。你们没走啊？"品子看着少女们，"我还去找你们来着，没找到就以为你们回去了。"

"我们在三楼。"

"是吗？你们觉得演出有意思吗？"

"嗯，挺好的。是吧？"一个少女征询着同伴，"不过，感觉怪瘆人的，有的场面还挺可怕呢。"

"是吗？快回家吧。"

可少女们却一直跟在品子身后。

"舞蹈家也会坐在三楼的座位吗？"

"舞蹈家？叫什么名字？"

"说是叫香山，对吧？"

那个少女再次询问似的看看同伴。

"香山？"

品子停下了脚步。

"你怎么知道是香山呢?"

品子转身注视着那个少女。

"我们旁边的人说的呀。那人说,香山来了……那是香山吧?……"

"是吗?"品子表情缓和下来问道,"那个说香山来了的人长什么样?"

"说话的人?我没仔细看,好像是个四十岁上下的男人。"

"那个叫香山的人你也看见了?"

"是的,看见了。"

"是吗?"

品子心中顿时百感交集。

"旁边的人看着那个叫香山的人在说着什么,我们也就看了看那边啊。"

"那个人说了些什么?"

"那个叫香山的是舞蹈家吧?"少女望着品子问。"那个人,好像在说香山跳舞的事儿,问旁边的人现在他状况如何,还说他放弃舞蹈太可惜了……"

十三四岁的女学生对香山一无所知。战后,香山便不再跳舞,寂寂无闻。

那个香山刚才就在帝国剧场的三楼,品子难以置信,她转向波子:

"那真的是香山吗?"

"也许真是呢。"

"香山来看《普罗米修斯之火》了吗?"

品子嗓音中透出几分深沉,不像在问波子,倒像是在问自己。

"他在三楼呢。大概不想被别人看到吧。"

"也许吧。"

"莫非香山的心情有变化,就算躲躲藏藏的也要看舞蹈演出?……他应该是专程从伊豆跑来的吧。"

"怎么说呢……也许是来东京有什么事顺便吧。可能在哪里看到了《普罗米修斯之火》的海报,顺便过来看一眼而已?"

"香山可不是顺便看一眼的人哦。他来看舞蹈演出肯定是有他的想法的。这是毫无疑问的。他会不会是要悄悄来看我们的公演呢?"

波子感到品子已经展开了想象的翅膀。

"香山看得很专注吗?"

品子问少女。

"这就不知道啦。"

"他是什么样子?"

"穿西装?我没仔细看呀。"

少女们和同伴面面相觑。

"他来东京也没告知我们一下吗?会有这种事儿?"品子似乎有些伤心,"我们在二楼,香山就在三楼,可我却没感觉，这是怎么回事儿呢？"

然后，品子突然凑近波子问道：

"妈妈，香山肯定还在东京站呢。我想去找找，可以吗？"

"是吗？"波子劝慰似的应道，"既然香山是不声不响地来，那就让他不声不响地去，不好吗？他应该是不愿意被人看到吧……"

但是，品子却心急火燎。

"已经放弃舞蹈的香山为什么又来看舞蹈？我就想问问这个呢。"

"那你赶紧去看看？也不知道还在不在车站……"

"那好，我先去看看。妈妈待会儿来吧。"

品子立刻加快脚步，并对四个女学员说：

"你们赶紧回家吧。"

波子朝品子的背影喊道：

"品子，你在车站等着！"

"好的。我就在横须贺线的站台上。"

品子开始小跑，回头看母亲已经越来越远，就疾步向前奔去。

品子觉得，只要自己跑得快，香山就肯定还在东京站。而且，他可能随时都会离开。

随着呼吸渐渐急促，品子的内心愈加汹涌澎湃。随着心潮起伏，胸中的簇簇火焰也在翻卷摇曳。

刚才在《普罗米修斯之火》的舞台上,成群结队的人们举着火把起舞。品子仿佛看见,那火种已在自己体内播撒燃烧。

在那群火焰的对面,香山的脸庞时隐时现。

道路两侧的西式建筑几乎都被占领军征用,所幸昏暗的街道上行人稀少,品子继续向前奔跑。

"挥鞭转,三十二周、三十二周……"

品子不停地念叨着,以此分散疲劳感。

在《天鹅湖》第三幕中,变成白天鹅公主的恶魔之女单腿独立旋转起舞,需要做三十二个单腿足尖旋转或是更多。能以优美的姿态坚持下来,乃是芭蕾舞姬的骄傲。

品子虽然尚未得到担纲《天鹅湖》主角的机会,但她坚持增加旋转周数的练习。她累得喘不上气时,也会把这句"三十二周"作为号子喊出来。

跑到中央邮局门前,品子放缓了脚步。

她四处张望着,登上横须贺线的站台,只见湘南电车停在前边。

"肯定是这趟电车啦。啊,终于赶上了。"

品子缓了口气,边走边从每个车窗往里看。即使看过的车厢她也不放心,生怕香山被哪个站着的乘客挡在身后。

还没走到最后一节车厢,发车铃声响了,品子情急之下跳上了车。

"啊,妈妈……"

品子突然想起和妈妈约好在这个站台上会合。

"到大船站下车就好啦……"

她站在车厢过道上环视着乘客。

她想,香山肯定就在这趟电车上,要找遍所有的角落。

车到新桥站,车厢里更加拥挤了。

在电车到达横滨站之前,品子已把所有的车厢找了个遍,但是没有发现香山。

"难道是下一趟火车,或者是电车?"

时隔许久又进京,香山也许会去银座附近走走看看。

在横滨站品子开始犹豫,要不要换乘下一趟火车。

她仍旧隐约地感到,香山就在这趟电车上。会不会是刚才看漏了呢?在到大船站要下车时,她的这种想法更加强烈。

她走在站台上,一个个地窥探着车窗。电车开动,她停下脚步继续观望。

随着车窗内的乘客快速涌动,品子仿佛已被这趟电车紧紧吸住。

这趟电车开往沼津市,因此香山会在热海市转乘伊东线。如果品子也乘坐这趟电车,在热海站或伊东站突然站在香山的面前……

品子目送电车远去。

电车渐渐消失,夜晚的山野中仿佛浮现出普罗米修斯的身影。

那是被绑在高加索山岩上的普罗米修斯。他被荒鹫啄食着身体和肝脏,任由风雪摧残。山脚下走过一头白色小母牛,那是因主神天后朱诺心生嫉妒,把美丽的姑娘伊娥变成了这副模样。普罗米修斯告诉伊娥要向南走,再走到遥远西方的尼罗河畔。在那里就会恢复姑娘的原形,成为王妃,并生下继承国王血脉的勇士赫拉克勒斯,他将斩断捆绑普罗米修斯的锁链……

小母牛伊娥的角色便是由宫操子扮演,那娓娓倾诉般的、深切向往般的、蕴含着苦闷疑团的舞姿又浮现在品子眼前。她不知为何感到自己就是伊娥,香山就是普罗米修斯。

品子换乘横须贺线,立马在北镰仓站下车等候母亲。

"哎呀,品子!你坐车去哪儿了啊?"

波子松了一口气说道。

"我是坐湘南电车过来的。刚才先赶到东京站,刚好湘南电车快发车了。我想香山肯定在那趟车上,就上车了。"

"香山在车里吗?"

"他没坐那趟车。"

母女俩离开车站朝圆觉寺方向走去,直到过铁路道口前都沉默无语。

她们来到小路上,波子望着樱花树投在地面上的影子开口道:

"我去东京站没找到你,以为你和香山去哪儿了呢……"

"我要是见到香山的话,就会在车站等妈妈了呀。"

品子如此答道，声音听上去心神不定。

今晚在帝国剧场，一个在二楼，一个在三楼，品子感到香山突然就近在咫尺了。

母女俩回到家里，矢木正和高男面对面坐在被炉桌旁。

"妈妈回来了。"高男稍显尴尬地抬头望着波子，"今天见到松坂，他让我替他问候妈妈呢。"

"是吗？"

矢木默不作声，似有不快。

看样子刚才他和高男两人在说波子的闲话。

波子感到窘迫难耐。

"松坂对妈妈的美貌特别惊讶呢。"高男说道。

"他那么好看，我才被吓了一跳呢。那是你什么朋友？"

"什么朋友？"

高男的眼神有些忧郁，忽然腼腆起来。

"我只要和松坂在一起，就会感到很幸福。"

"是吗？那孩子让你感到幸福吗？……可妈妈看到他就觉得跟看到了妖精似的。男孩从少年长成青年会有这种情况吗？有的人变化很大，有的人变化不那么明显，因人而异嘛。但是他好像正好在变化的节点上忽然冒出来……"

"高男也正在变化的节点呢。"矢木插言道，"要好好爱护他嘛。"

"啊……"

波子看看矢木。

"你今晚也和竹原君在一起吗？"

"不，和品子……"

"哦？今晚和品子在一起啊？"

"是的。品子去排练室叫我……"

"是吗？和品子在一起倒没什么……不过，最近你和高男在一起待过吗？除了和竹原散步碰上高男的那次之外……"

波子极力控制住肩膀不去颤抖。

"你想和高男分开吗？"

"哎呀！你当着高男的面说什么呢？"

"这没什么关系。"矢木平静地继续说道，"高男出生也二十年过去了。这些年来，说到家里人不就咱们四个吗？大家都要相互珍惜好好生活嘛。"

"爸爸，"品子呼唤道，"您珍惜妈妈的话，大家就能相互珍惜了。"

"嗯？我想到品子会这样说呢。但品子完全不明白呀。在品子的眼中，妈妈就像是爸爸的牺牲品吧？可实际上并非如此。多年的夫妻，哪里会有一方把另一方当成牺牲品的事情呢？多半是一起倒下。"

"一起倒下？"品子注视着父亲。

"如果一起倒下，就不会相互扶着吗？"这回高男插言道。

"这个嘛……本来是女人自己倒下的，却认为是丈夫的责任……"

"她觉得是丈夫的责任,便同样想借外人的手站起来。但本来她是自己倒下的嘛……"

矢木重复着相同的话,还夹有"外人的手"这个说法。

"爸爸和妈妈都不会倒下哦。"品子皱着眉头说道。

"是吗?妈妈怕是随时会倒下吧,品子?品子你是偏向妈妈的,但你觉得妈妈和竹原君可以继续那种不正常的交往吗?"

"我觉得可以。"

品子明确地答道。矢木温和地微笑一下问道:

"高男怎么想?"

"我不想回答那种事情……"

"那倒也是。"

矢木点点头说道。高男犀利地追问道:

"但是,妈妈在踉踉跄跄、摇摇欲坠,这确切无疑吧?爸爸也看到了吧?咱们家的日子越来越不好过,爸爸却像是视而不见。我为此很痛苦。"

矢木把视线从高男脸上移开,仰望着波子头顶上方的匾额,上面是良宽①书写的"听雪"二字。

"不过,这也有段历史。这二十年的历史,高男不了解啊。"

"历史?……"

"嗯。本来我不想说,其实咱家战前的生活还挺奢侈的呢。但能有那奢侈的生活全靠妈妈,而不是我。我从未有过

---

①良宽:日本江户后期的歌人、书法家。

奢侈的感觉……"

"可咱们家生活变困难了，总不能怪妈妈奢侈吧？那都是因为战争呀。"

"当然，我不会说那种话嘛。我想说的是，即使咱家过着奢侈的生活，我自己的心里过的还是贫穷的生活啊。"

高男像突然遭受了挫折一般。

"啊？"

"品子自不必说，高男你也是妈妈奢侈的孩子呢。可以说三个富人养活了一个穷人吧。"

"这样说来……"高男一时语塞，"我不太明白，但我感觉这有损对爸爸的尊敬呢。"

"毕竟高男不了解以前我当波子家庭教师的那段历史呀……"

波子明白，矢木所说的每句话都有他的道理。

但是，她不明白丈夫为何一反常态地说出这些话，听上去像是想把内心沉积的憎恶感一吐为快。

"也许你妈妈会觉得我伤害了她二十年呢。但是这也不好说啊。要是按照妈妈的想法，品子和高男就不该出生了，是吧？你们两人难道要为此向妈妈道歉吗？"

波子感到连灵魂最深处都已冷透。

"我和高男都要向妈妈道歉吗？我们两人都不该出生吗？"品子反问。

"是的。假如你妈妈后悔和我结婚的话……照此推论，不就是这个结果吗?"

"我只向妈妈道歉,不向爸爸道歉,这样可以吗?"

"品子!"

波子厉声喝道。然后转向矢木说道:

"你怎么能对孩子们说出那种过分的话呢?"

"我只是打个比方嘛。"

"是呀。"高男插言道,"像该不该出生这种事情,我们听了也没什么实际感受嘛。爸爸也只是毫无实际感受地说说而已吧。"

"那也就是打个比方吧。两个孩子也都二十岁了。假如说,要是这样你妈妈还对我不满的话,那我对女人幻想力的根深蒂固可要深感惊叹了。"

波子这下被闪得够呛,一时茫然无措。

"竹原那个人不是凡夫俗子一个吗?他的优势就在于没和波子结婚吧?也就是说,他是个幻想中的人物。"矢木淡淡一笑,"射入女人胸中的箭拔不出来了,对吧?"

波子不明白他说的是什么意思。

"两个孩子也都二十岁了。"矢木重复道,"从姑娘时开始算,再往后二十年,大致就等于女人的一辈子了。你还怀着那些无聊的幻想,事到如今追悔莫及了吧?"

波子低头不语。

丈夫说这番话的本意何在,几乎无从揣测。就算矢木说的那些话都有其道理,却也似乎缺少一以贯之的内在联系。

他明明是在指责竹原,可态度却平静冷淡,那感觉无疑是在嘲弄波子。

但是,矢木也让波子看到了他自身的空虚和绝望。像这种自我崩溃或自暴自弃的说话态度,他以前从未有过。

波子也从未见过矢木当着孩子们的面如此失态。

他似乎想让孩子们认识到,假如波子受伤,矢木也会受伤,假如波子倒下,矢木也会倒下。但是那种说话的态度,会对品子和高男造成怎样的影响呢?

"既然你说希望全家四个人相互珍惜……"

波子嗓音颤抖着,说不下去了。

"品子和高男也都好好考虑一下吧。依着妈妈的做法,再过不久就会把这座房子卖掉,大家就一贫如洗啦。"

矢木发泄般地说道。

"那倒也行呀。妈妈,您赶快把所有东西折腾光算啦。"

高男说完耸了耸肩膀。

这座宅院既无院门也无院墙,周围小山环抱。圆环般的小山有处豁缺,自然形成了入口。这里是向阳的山坳,冬季也温暖如春。

入口的左右两侧各有一座独屋。右侧独屋原是别墅的看门人居住,不过似乎也体现了波子父亲的建筑癖好。战后曾租给竹原住过一段时期,现在是高男在使用。波子想出售的就是这座独屋。

品子一个人住在左边的独屋里。

"姐姐,我去你那儿一下可以吗?"

高男走出主屋时问道。品子用火铲端着火种,在黑暗的庭院里,亮光映在大衣纽扣上。

品子低着头往火盆里加木炭,手在不停地颤抖。

"姐姐,你对爸妈的事儿怎么想?事已至此,我不惊讶,也不悲伤。我是男人嘛。我对家庭也好,国家也好,都没有梦想。没有父母的爱也能独自生活。"

"爱还是有的,不管是妈妈还是爸爸……"

"那倒是有。不过,爸妈的爱如果汇聚在一起倾注给孩子还行。可要是分别给的话,对爸妈双方我还要去各自理解,那太累了。我们在的这个不安的世界、这个不安的年龄,不是为爸爸找借口,相依相伴了二十年的夫妻,他们的不安到底是什么呢?真要为不该出生道歉的话,那也是对自己吧?是对时代的不安吧?这和爸妈根本没关系。如今孩子的不安,靠父母是无法平息的。"

高男越说越激动,还使劲地吹火。

炭灰被吹得乱飞,品子赶紧抬起头来。

"妈妈说像妖精的那个松坂,他看到妈妈后对我说:'你母亲正在恋爱呢……还是那种凄婉的恋爱哦。看到后能让人感到类似乡愁的情绪。'他说从妈妈正在恋爱的状态中感受到了爱情……与其说他喜欢妈妈,不如说他喜欢妈妈的爱情。松坂很虚无,是那种艳丽的带露鲜花般的虚无……也许我被松坂的魔力控制了，也不觉得妈妈的恋爱有多肮脏。妈妈是不是恨我帮爸爸监视她呢？"

"怎么会恨……"

"是吗？我确实在监视妈妈呢。我偏心爸爸，而且尊敬爸爸，这毫无疑问。不过那是妈妈伺候的爸爸，如今被妈妈背叛的爸爸，已经幻灭了！"

品子像被戳心般地望着高男。

"但是我已经不在乎。姐姐，我也许会去夏威夷上大学呢。爸爸在帮我各处活动。他害怕我留在日本，会变成共产主义者。爸爸让我在确定之前不要告诉妈妈。"

"啊！"

"爸爸自己也在到处运作，想去美国的大学当教师。"

虽然高男说他去夏威夷和爸爸去美国的事都还没确定，但矢木瞒着波子和品子暗中筹划这种事情，着实让品子吃惊不小。

"把我和妈妈都丢下？"品子嘟囔道。

"我觉得姐姐能去法国或英国也挺好呀。把这里的房子和妈妈的东西来个大甩卖……反正早晚都得折腾光。"

"一家骨肉离散？"

"就算待在一个家里，不也各过各的吗？其实，现在也是在快要沉没的船里各自扑腾。"

"照你刚才说的，要把妈妈一个人留在日本吗？"

"可能会那样吧。"高男说话的声音很像父亲。

"可是，妈妈也许会因此而得到解脱。让她一生里有一次哪怕短暂的完全独处，怎么样？她养活咱们三个人二十多年了，眼看就快撑不住了。"

"哎呀。你居然能说出这么冷酷无情的话？"

"爸爸好像觉得，把我留在日本太危险。因为咱们不像过去的人，对国家感到骄傲而且可以信赖。我觉得爸爸的想法很新颖，正合我意。我不是为出人头地或者学习去外国，而是因为再待在日本，我就可能堕落而毁掉自己。为避免这种结果，爸爸才要把我赶出日本。在夏威夷的本愿寺有爸爸的朋友，应该能请他帮忙，我要在那里工作。以后我不回日本也可以，我和爸爸对此意见完全一致。成为一个'世界人'，这既像是希望，又像是绝望啊。爸爸是想麻醉我呢……"

"麻醉？"

"细想起来，这就跟父亲要把儿子抛弃到国外一样，爸爸的心也确实够硬的呀。"

品子望着高男纤细的手，他握紧的拳头在火盆边沿摩擦。

"妈妈太天真啦！"高男突然甩出这句话，"不过，姐姐要想把芭蕾跳下去，就得尽快走向世界。否则，这短短一辈子不就白白过去了吗？在这个世界上，一年不管到哪里都是一年。最近一想到这些，我就对这个家不留恋了。"

高男说，爸爸之所以谋划着去美国或南美，可能是害怕发生下一次战争。

"姐姐，如果咱们一家四口人分别生活在世界上的四个国家,当想起日本的这个家时,心中会涌现出什么样的感情呢?我在陷入寂寞的时候,也会做这样的设想呢。"

高男返回对面独屋,品子独自拭去妆粉,把面部贴到镜前,窥察着眼睛内侧。

父亲和弟弟,这些男人们心底的暗流令她恐惧。

但是,当她闭上映在镜中的双眼时,就看见了绑在山岩上的普罗米修斯。她无法抑制地感到,那就是香山。

那天夜里,波子拒绝了丈夫。

在漫长的岁月中,她好像从未明确地拒绝过,也未明确地主动要求过。她开始感觉奇怪,但把这当作女人的标志,不再去想。而一旦明确拒绝之后她才发现,其实这不过尔尔,不过是顺势而为罢了。

猝然间无缘由地,波子反弹般跃起,合紧睡衣领口坐了起来。

矢木大吃一惊,目瞪口呆地望着波子,以为她身体哪里疼痛。

"我感觉这里边好像插着根棍子。"

波子从胸口上方笔直地向心口处摩挲着。

"你别碰我。"

猝然地拒绝丈夫,波子自己亦惊诧不已。她满脸通红,摩挲胸部的动作也像个小孩儿。

她一副难为情的样子,简直像要缩成一团。

矢木并未觉察到波子的毛骨悚然。

波子熄灭枕边台灯躺下,矢木从身后温柔地轻抚她"好像插着根棍子"的胸口。

波子的背部肌肉在颤动。

"这里吗?"

矢木按住波子僵硬的后背问道。

"不用了。"

波子扭动胸部想躲开,却被矢木紧紧地搂住。

"波子,刚才我一直说二十年、二十年。在这二十年中,我从未碰过这个女人之外的女人,只对这个女人着迷。对男人的人生来说是如此不可思议的例外,只因为这个女人……"

"不要说'这个女人'。"

"我不能想象还有别的女人,所以才会说'这个女人'。这个女人从来没嫉妒过吧?"

"谁说的啊?"

"嫉妒过谁呢?"

波子不能说在嫉妒竹原的妻子。

"没有不嫉妒的女人嘛。即使是看不到的东西,女人也要嫉妒呢。"

波子听到了矢木的喘息声,她像要避开那种气息似的用手捂住了耳朵。

"如果说我们不该生下品子和高男……"

"唔。我只是打个比方而已。但是,为何在高男之后没再生孩子呢？本来可以再生嘛。我仔细回想了一下，你迷上舞蹈之后就没有孩子了，对吧？有个基督教的教士说过，舞蹈的创始者就是恶魔，舞蹈的队列就是恶魔的队列……如果你放弃跳舞，就算从现在开始，说不定也还能再生一两个孩子呢……"

波子再次感到毛骨悚然。

时隔二十年再生孩子，波子难以想象。此时矢木这么说，听上去居心不良，像是在故意恶心她。

可不管怎么说，那种错误其实未必不会发生。波子突然感到恐惧。

波子和竹原在一起时，恐惧感也时有发作。今晚和矢木在一起时，同样的恐惧感又向她袭来。

在观看了舞剧《长崎踏绘》后，波子曾对竹原窃窃私语——"我再不说害怕啦"。那时，波子是在告诉竹原自己意识到的剧烈变化，此前恐惧的发作，也许就是爱情的发作。

但是她和矢木在一起时感到的恐惧，却根本不像是爱情的发作。如果牵强地寻找这种恐惧感与爱情的联系，那也许就是失去爱情的恐惧吧。换句话说，就是在本无爱情之处描画爱情，并对那种幻象的消失感到恐惧……

波子也切身体会到在人与人之间的憎恶感中，没有比夫妻肌肤相触更令人毛骨悚然的了。

如果这成为憎恶感的话，恐怕会是最丑陋的憎恶感吧。

不知何故，波子回想起一件平凡的小事。那是她和矢木结婚后不久……

"小姐连烧洗澡水的妙招儿都不知道啊。"矢木说道,"在浴缸里放个漂盖就能减少散热,节省煤炭了。"

于是矢木拆了啤酒箱,自制了一个漂盖。

矢木还仔细地教给波子,怎样根据洗澡水的热度变化来调整加煤量。

波子泡澡时,觉得那个粗制滥造的漂盖浮在水面上怪脏的。

矢木制作漂盖耗费了三四个小时。波子就站在他身后呆呆地看着,所以当时矢木的样子现在仍历历在目。

矢木今晚说过的话中,说在这个生活奢侈的家庭里,只有他在心里过着贫穷的生活这句话,尤其令波子难以承受。她听了好像脚底踩空,被推下了黑暗的深渊一般。

矢木二十多年来一直靠波子养活,这一切简直就像根深蒂固的憎恨或报复。让矢木和波子结婚的是矢木的母亲。而矢木似乎坚持不懈地实现了其母的企图。

矢木采取惯用的手段温柔地引诱她,而波子继续在拒绝他。

"你说出那种话来,品子和高男会怎么想?我很担心,我要过去看看。"

波子说完就起身走出门外。

当她真的走到庭院里仰望星空时,却感到自己似乎已无处可去。

紧擦过后山峰顶的天空处悬着白云,形似日本画中的狂涛。

佛界与魔界

品子走进父亲的房间,却不见人。

壁龛中挂着陌生的单行条幅,想必该念作:

"入佛界易,入魔界难。"

品子走近细看,落的是一休的印章。

"一休和尚?……"

品子开始有了亲切感。她出声念道:

"入佛界易,入魔界难。"

她不太明白禅僧话语的含义,但佛界易入、魔界难进这个说法似与实际相反。但是,当品子看着那行文字并自己发声念出来时,突然也觉得心有所悟。

那句话似乎在这间没有人的空屋里有了生命,一休的大字仿佛在壁龛中瞪着活生生的眼睛望着自己。

屋内好像还残留着父亲的温度,有一种温暖的清寂。

品子轻轻地坐在父亲的坐垫上,心里七上八下。

她用火筷拨开炭灰,里面露出小块的烧红了的木炭。这是一个备前烧手炉。

桌角笔筒旁,立着一尊小小的地藏菩萨像。

这尊地藏菩萨像是波子的,不知何时摆在了矢木的桌上。

据说,这尊高七八寸的木造佛像是藤原时代的作品。已经脏得黑黢黢,那圆圆的光头就跟佛一样。地藏菩萨手执高过头顶的禅杖,这禅杖也是原装原配,笔直的线条强劲而纯粹。

从尺寸大小来看也显得十分可爱。但品子看着看着,就感到有些可怕。

父亲今早也是这样,坐在桌前忽而看看地藏像,忽而看看一休的字幅吗?品子想到这里,又把视线投向壁龛。

那条字幅最前边的"佛"字,是用工整的楷书所写,可到"魔"字却变成了潦草的行书。品子不由得感到了魔性,那是一种可怕的感觉。

"在京都买的吗?"

以前家里并没有那幅挂轴。

这是父亲在京都淘来的一休字幅,还是因为喜欢一休的这句话才买的呢?

壁龛旁放着收起的挂轴,像是原先的那幅。

品子起身去看,只见是久海切《古今和歌集》的字幅挂轴。

以前,这所别墅里还有波子父亲留下的四五张藤原的和歌挂轴，但波子只留下这张"久海切"，其他的全都卖掉了。因为据传"久海切"为紫式部亲笔所书，矢木没有放手。

品子走出父亲的房间，又嘟囔了一声"入佛界易，入魔界难"。

这句话莫非和父亲的内心有什么联系？对于这句话的含义，品子想了很多种意思，终究无法确切地把握。

品子还想和父亲谈谈母亲的事情，就先在排练室里待到母亲去东京，然后来到了父亲的房间。

难道说，一休法师的箴言谶语已经替父亲做出了某种回答吗？

大泉芭蕾舞研究所有二百五十多名学员。

这里不像普通学校那样在固定的时间招生和入学，而是随时可入学。还有的学员长期休学或再也不来。学员总是有进有出，人数不定，但从未降至二百五十名以下。出入相抵计算来看，一直处于增加势头。

除大泉芭蕾舞团，东京各主要芭蕾舞团大致也都有二三百名学员。如此估算大致合理吧。

但很多学员并未经过严格的考试，而是像其他学艺弟子一样，只要想尝试学习芭蕾舞，就能轻易入所。对于这些少女是否适合学芭蕾，以及将来是否有望登台演出，在入所之前概不多问。

在东京有多达六百个芭蕾舞培训所。如果大型培训所的学员人数达到三百之多的话，应该可以建立正规学制的舞蹈学校，选拔高素质的学生进行规范严格的教育培训。但是，目前好像并没有这种谋划。

另外，大泉研究所也以女学员为多数，而且都是在放学归途中去进行排练。

女学员班共有五个。其下另设面向小学生的儿童班。

女学员班之上又设有两个班，学员在年龄和技艺上更为成熟，再往上还设有大师班。

顾名思义，这个大师班的学员可以在芭蕾舞大师、研究所所长大泉的亲自指导下共同学习，他们都是这个芭蕾舞团的主要舞者，一共只有十人。

大师班有女学员八名，男学员两名。品子也是其中一员，年纪最轻。

大师班的学员同时作为助教，分别负责下设各个班级的培训指导。

除此之外，还有一个"专科班"。这是为在职人员开设的舞蹈班，学员年龄参差不齐，而且日常工作对芭蕾舞团的演出会有妨碍，因而不能登台献艺。

品子每周要上三次大师班的课，而且作为助教，还要对自己负责的班级进行培训指导，因此基本上每天都要去研究所。

大泉研究所位于芝公园的最里边，从新桥站步行大约十分钟即到。

由于今天心情还是沉重，品子就放弃乘车，心不在焉地走到了研究所前。这时，她看见门口站着一位母亲，领着一个大概小学五六年级的女孩。

"请问……让我们参观一下，可以吗？"

"好啊，请吧！"

品子边回答边看看那个少女。

大概是孩子为学芭蕾舞百般缠磨，母亲只好陪着来的吧。品子推开门让母女俩先进去，就听里边有人呼唤：

"品子，你来得正好。我一直等着呢。"

呼唤她的是野津，这里的男主舞。

野津是女主舞的男舞伴，女主舞扮演公主，他扮演王子，有着与角色相符的高贵姿态。从紧实的腰腹到修长的双腿，流畅的线条看上去颇具浪漫性。他穿上古典芭蕾风格的白色服装非常合身，这在日本人中相当罕见。

但是，他在排练时穿的却是黑色服装。

"今天太田请假了。我想既然品子小姐来了，就请品子小姐弹钢琴吧。"野津说话有时带着女人腔，"可以吧？"

"好的。"品子点了点头，"钢琴嘛，谁都能弹。"

那个叫太田的是女钢琴师，专为排练弹伴奏。

即使没有钢琴伴奏，教师其实也可以喊拍子或击掌打拍子指导芭蕾舞基本功练习。况且确实有不少培训所都没有伴奏。但这里用的是切凯蒂的练习曲，有音乐和没音乐的效果相差很大。习惯于音乐伴奏的学员，如果没有钢琴伴奏就会乱了节拍。

品子示意那对来参观的母女坐到门旁的长椅上。

"请这边来。"

随后，她来到了暖炉旁。

"品子小姐，你脸色不太好吧？"野津小声地问道。

"是吗？"

品子站着没动。

"我叫你弹琴伴奏，你不高兴了？"

"没有。"

野津在头上缠着细碎白点藏蓝色绸巾，没有打结，固定得很巧妙。虽说只是防止头发甩乱，但这也能看出野津喜欢打扮。

"倒是有人会弹练习曲，可是……"

野津从暖炉前的椅子上半转脖子仰视品子。藏蓝色绸巾裹着的额头下，眉毛非常漂亮。

他是在夸奖品子钢琴弹得好吧。

品子从小到大一直在母亲的指导下学习钢琴。

波子的钢琴技艺有着相当深厚的正规训练功底，她甚至觉得到了现在这个年纪当个钢琴教师会更轻松。早在二十年前，她弹钢琴就已是行家里手。

品子也会弹奏大部分的舞曲。切凯蒂的舞蹈练习曲是为教授芭蕾舞基础而编写的，所以自然很简单。另外，由于每天都会反复听很多遍，而且自己也经常弹奏，因此她早已烂熟于心。

当品子心不在焉地弹伴奏时，野津走了过来。

"怎么搞的？节奏有点儿快……和平时不一样。"

上这节排练课的是女学员班再上面两个班中的B班，被称作高级班。公演时，她们担任群舞部分。

从高级班B班升至A班后，再有技艺更加优秀的，将被选拔到品子他们所在的大师班。

芭蕾舞团中，既有芭蕾用语所谓"四对舞"的演员，也有领舞演员。领舞即群舞中跳在最前面的演员。

大师班中的独舞演员有时也担任领舞，有时领舞演员也会被选出来跳独舞。

大泉芭蕾舞团的二百五十多名学员中，能登上公演舞台的大约有五十人。

说到高级班B班学员，他们的训练时间已经很长，技艺也相当纯熟，都已完全适应了这家研究所的风格和教法。

更何况这种抓杆练习开始都是重复动作，进行便比较顺利，品子弹琴的手指也像平时一样运动着。

这受到了野津的指责。

"对不起。"品子道歉，"弹得有点儿快，是吗？"

品子满脸写着"这不可能"，像是在掩饰突然受到指责的尴尬。

"只是我的一种感觉。你弹得心不在焉,所以我就有些急躁……"

"哎呀,请原谅。"

品子感觉脸就要红起来了,赶紧低头望着白色琴键。

"没什么啦。不过,品子小姐,出什么事儿了吧?"野津小声说道,"你跳舞时也是那样,经常感觉很沉重,跳得气喘吁吁的。"

如此一说,品子似乎真的呼吸急促、心跳加速了。

野津身上的汗味更使品子感到快要窒息了。

当野津的凑近让自己猛然回过神来时,品子就被浓烈的汗味熏得难以忍受。

两人一起跳舞时倒还不太明显,可现在的野津却带着一股汗馊味。

野津换洗排练服也算较为勤快,也许到了冬季,有些懒怠了吧。

"对不起!我会注意的。"

品子无法忍受那种汗味,急不可耐地说道。

"过后再说吧。"野津离开了钢琴,"那好,拜托了。"

品子集中精力弹琴伴奏,跟着学员的足音,想象自己也在跳舞,这才合上了节拍。

接着开始离开把杆练习。

就像音乐术语使用的是意大利语,芭蕾舞使用的则是法语。

野津连续向学员发出动作口令,他的法语随着品子的钢琴伴奏越来越清亮纯正,而品子也感觉是受到野津嗓音的引导在弹奏。

野津甜美的口令声愈发清澈高亢,多次重复的"Plié"(屈膝)、"Pointe"(足尖立)等,在品子听来犹如梦幻般柔美。

野津时而击掌打节拍,时而喊出数字口令。

当那些节拍声变成梦幻般的回响时,品子感觉学员的足音也倏然远去。

"这可不行。"

她立刻紧盯乐谱。排练课本来是一个小时,但因野津十分投入,而延长了近二十分钟。

"谢谢!辛苦了。"

野津来到钢琴旁,擦擦额头的汗水。

新鲜的汗味对品子来说过于强烈。难道鼻子敏感也是由于心太累的缘故?

"排练室会空闲一小时吧?稍稍休息一下,一起练习好吗?"

野津向品子提出建议,品子摇了摇头。

"今天不跳了。我就当个钢琴手吧。"

一个小时之后是女学生班的排练课,然后是职场人员的业余班。

品子返回暖炉旁,坐在门旁长椅上参观的两个女学生起身走过来。

"我们想要一份招生简章。"

"好的。"

品子说着把简章和申请表递给她们。

那位领着小学生的母亲也对品子说道:

"请给我也拿一份吧。"

野津独自在排练室的镜前练习跳跃动作。

他跃起腾空时双脚击打,"击腿跳"的动作矫健而优美。

品子靠在炉前的椅子上,漫不经心地望着……

负责后面班级课程的助教也来到排练室,各自开始练习。

品子以为野津已经走了,却见他换好衣服从里边走了出来。

"品子小姐,今天回家……我送你回去。"

"可是,没人弹琴伴奏了呀。"

"没关系,有人会弹的啦。"

野津说着拿起夹在腋下的大衣穿上一只袖子。

"从对面镜子里,也能看出品子小姐心情不好呢。"

品子原以为野津只是看着镜中自己的舞姿。原来他也在关注品子的神情吗?

两人朝御成门方向走下坡去。

"我要去一下妈妈的排练室。"品子说道。

"好久没见你母亲了。我也可以去吗?"

野津说完拦下一辆空车。

"上次见到你母亲是在什么时候呢？当时还说到芭蕾舞娘是结婚好还是不结婚好。你母亲说不结婚好。我说还是谈谈恋爱比较好。"

有一次在做双人舞动作设计时，品子听到野津有意无意地说：要想真正默契地跳出这种动作，双方应该是夫妻关系、恋人关系还是普通关系好一些呢？

当时品子正心无旁骛地跳舞，听到这话，顿时心生顾忌，浑身就有些僵硬，动作也失去了协调。一旦心中有所顾忌，她就无法顺利地完成这种需要全身心投入、与男舞伴密切配合的舞蹈动作。

女舞者需以多种姿态与男舞伴做出拥抱、托举、上肩等动作，而且还有抛接这种把身体完全交托于男舞伴的动作，在舞台上以形体来表现男女爱情的丰富样态。

男主舞担当着骑士角色，甚至被称作"女主舞的第三只脚"。与此相对，女舞者担纲恋人的角色，需要与男主舞融为一体，将"第三只脚"作为自己身体的一部分。

品子虽然还不是大泉芭蕾舞团的名角或首席女演员，野津却总是愿意选她当双人舞的舞伴。

周围的人也都觉得，他们恋爱结婚是自然而然的事情。

虽然品子还是个未婚姑娘，但也许……野津对她身体的了解已经胜过许多结了婚的夫妻之间。品子身体的某些部分怕是已经属于野津了吧。

但是,品子感到野津有些不像男人。

这是因为一起跳舞太熟悉了?或者因为品子还是个姑娘?

就因为还是个姑娘,所以品子的舞蹈不够性感。一听野津说点儿什么,她就忽然变得身体僵硬。

两人一起乘车时,品子甚至感到比跳双人舞更不自在。

更何况,她今天不想让野津见到母亲。

她不愿意让野津看到母亲满面愁容、似有烦恼的样子。另外,她对母亲放心不下,所以只想自己一个人去。

"真是个好母亲啊。一说到芭蕾舞娘的婚姻和恋爱,你母亲好像……立刻就考虑到品子小姐了呢。"

品子对野津说的这些话感到厌烦。

"是那样吗?"

波子的排练室里没亮灯,门却开着。

波子没在里面。

未届傍晚,但地下室里已有些昏暗,只有墙面的镜子里映出晦暗的光线。沿着对侧的道路,高高的横窗透进街上的光亮。

空荡荡的地板显得冷冰冰的。

品子打开了电灯。

"没在?回家了?"野津问道。

"是啊。可没有锁门呀……"

品子去小屋里察看,只见波子的排练服挂在架上。她摸了一下，感觉凉冰冰的。

排练室的钥匙由波子和友子保管，往常都是友子早早来开门。

在友子离开之后，母亲把友子的那把钥匙交给谁了呢？品子也没留意母亲排练室钥匙的事情，难道友子离开后带来的不便甚至殃及钥匙了吗？

虽说如此，一向严谨的母亲怎么会忘记锁门呢？品子深感不安。

今天真是太奇怪了。早上去父亲的房间父亲不在，傍晚来母亲的排练室母亲不在。这种巧合使品子的不安情绪更加强烈了。

当某个人不久前刚刚离开，其留下的气息反而令人感到更加空虚。

"妈妈去哪儿啦？"

品子来到镜前照照自己的脸，觉得直到刚才母亲似乎还在镜中。

"哎呀！脸色煞白……"

品子对自己的脸色也大吃一惊，但因为野津就在对面，所以不便补妆。

因为排练会出汗，所以品子她们几乎不施粉黛，连口红也涂得很淡，更极少会有掩盖面部本色的浓妆艳抹。

品子来到排练室，随即打着了煤气暖炉。

野津靠在把杆上，视线追随着品子。

"不用开暖炉了。品子小姐也要回家了吧?"

"不,我要等妈妈。"

"她会回来吗?那好,我也……"

"回不回来我可不知道哦。"

品子把水壶放在暖炉上,又从小屋里端出咖啡器具。

"这排练室不错呀。"野津环视一圈后说道,"有多少学员啊?"

"大概六七十个吧。"

"是吗?前些天听沼田说,你母亲春季也要举办会演啦?"

"还没确定呢。"

"既然是品子小姐母亲的会演,我也想帮帮忙哦。这里没有男舞者吧?"

"是的。这里不招男学员。"

"那会演的节目中要是没有男舞伴,你不觉得太孤单了吗?"

"是啊……"

品子焦虑不安,连话都不想说了。

品子低下头泡咖啡。

"连排练室都用纯银的咖啡套具?"野津新奇地问道,"只有女人的排练室,真干净呀!你母亲确实用心周到啊。"

如此说来,纯银的咖啡套具也与这里十分搭调,收拾得整洁精致。不过这里没有大泉研究所那种勃勃生气。在那边排练室的墙上,花花绿绿地贴着许多次公演的海报,可这边只挂着外国芭蕾舞姬的照片。甚至《生活》杂志上剪下的照片，都被波子仔细地装框挂起。

"我看你母亲的舞蹈，大概是什么时候的事呢？战争刚开始那会儿吗？"

"应该是吧。战争形势严峻起来后，母亲就不再登台了。"

"那是和香山跳舞……"野津似乎在回忆波子的舞蹈，"现在想想，香山那时很年轻，大概像我现在这样？"

品子只是点了点头。

"他和你母亲年龄相差挺大，但看不出来。"野津压低了嗓音，"听说香山先生和品子小姐也经常一起跳舞？"

"跳舞？我那时还是个小孩呀。谈不上什么一起跳舞。"

"那是在品子小姐几岁的时候？"

"最后一次和他跳舞……我十六岁哦。"

"十六？"野津玩味似的重复道。

"品子小姐忘不了香山先生吧？"

"是的。忘不了啊。"

品子明确地回答，连自己都感到意外。

"是吗？"

野津站起身来，把双手揣进大衣兜，然后在排练室里转来转去。

"应该是啊。我就觉得会是这样嘛。我早就有这种感觉。但是，香山先生已经不是我们这个世界的人了，对吧？"

"没有那种事啦。"

"那品子小姐和我跳舞时，会觉得是在和香山先生跳舞吗？"

"没有那种事啦!"

"两次都是同样的回答呀。那为什么说没有那种事呢?"野津从对面径直向品子走过来,"我等你,好吗?"

品子像害怕野津靠近似的摇了摇头。

"等我什么?那种……"

"但是,品子小姐应该知道我在等你,早就应该……再说,香山先生根本不是品子小姐的情人,对吗?"

如果说香山不是品子的情人,或许确实如此吧。

但是,野津的那句话引起了纯洁的品子的抗拒。

在野津走到自己身边之前,品子就忽地站起身来。

"就算香山老师什么都不是又怎么样?对我来说,那都是别人的事情。"

"别人?我也是别人吗?"

野津嘟囔了一句,原地转身朝侧面走开。

品子望着墙镜中映出的野津的背影,方格纹的红围巾绕在脖间。

"品子小姐还在做少女梦吗?"

品子在镜中追视野津的身影时,感到自己的眼睛在闪闪发光。这倒不是为了野津,反而她自己心底里涌出了一股拒绝野津的力量。

而且,她还要努力战胜自己心中的失落感。

什么失落感呢?品子总会感到一种令自己浑身一紧的失

落感。

"我已下定决心,直到妈妈说我的舞蹈再也无法提高之前,不考虑结婚的事情。"

"直到说你无法提高之前?和香山先生也……"

品子点了点头。

野津走到对面墙边,回过头来看到品子在点头。

"真是千金小姐式的梦呀。可如果那样,我和你跳舞岂不就会妨碍你结婚了?身为千金小姐给男人分派了一个不可思议的角色呢。"野津走过来说道,"你在说谎。因为你心里想象的是香山先生,所以才会那样说。"

"我没说谎呀。我想和妈妈在一起。妈妈为我学舞耗费了二十年时间。"

"品子小姐的那些舞蹈都由我负责了。"

品子似乎也认可一般点了点头。

"我就相信品子小姐吧。就是说,和我跳舞期间你没想和香山先生结婚?"

品子眉头紧皱地盯着野津。

"我爱品子小姐,而品子小姐爱着香山先生。但是,品子小姐在和我跳舞的时候,这两种爱都受到了压抑。如此看来,品子小姐和我跳的双人舞是多么虚幻啊!难道这是两种爱的空虚的流淌吗?"

"根本就不空虚啊。"

"我怎么觉得像是脆弱的梦啊。"

但是,野津被品子的炯炯目光打动,他的脸庞也变得神采奕奕,与刚才完全不同。俊美的气息扑面而来,只有眼角似乎还透着忧愁。

"我会边跳舞边等你的。"

品子眨了眨眼睛,轻轻地摇了摇头。

野津把手搭在了品子肩头。

品子回到家,看见高男的独屋里亮着灯,就呼唤道:

"高男、高男!"

"姐姐?你回来啦?"

高男从雨窗后面答道。

"妈妈呢,回来了吗?"

"还没有呢。"

"爸爸呢?"

"在家。"

高男准备开门,品子像要躲开那响声般说道:

"不用、不用,过会儿吧……"

院里夜色已浓,品子不想让高男看到自己心神不定的样子。

房门的声响戛然而止。

高男似乎仍站在走廊里。

"姐姐,你以前提到过崔承喜的事儿吧?"

"是啊。"

"她在十二月三日的《真理报》上发表文章啦。"

高男像是在说一桩重大事件。

"是吗?"

"还写了她女儿死去的事。说她女儿去苏联公演的时候,在莫斯科得到了那么热烈的掌声……还说,崔承喜的舞蹈班有一百七十人呢。"

"是吗?"

崔承喜在苏联的报纸上发表了文章,不过品子没像高男那样提高嗓门说话。

她用不安的目光望着模糊映出冬季干枯梅枝的雨窗。

"爸爸吃过饭了吗?"

"嗯,和我一起吃过了。"

品子没去自己的独屋,而是先去了主屋。

她为今晚见母亲之前来见了父亲而心有不安,可打过"我回来了"的招呼后,她已没法立刻走出父亲的房间。

"爸爸,我白天也来过你的房间,以为您会在这里。"

"是吗?"

矢木在书桌前回过头,并转身朝向手炉,等着品子说话。

"爸爸,那个一休说的'佛界''魔界'是什么意思啊?"

"你问这个呀……很有意思呢。"

矢木平静地望着壁龛中的墨迹。

"爸爸不在时我一个人望着它,感觉有点儿瘆人呢。"

"哦?为什么?"

"'入佛界易,入魔界难',是这样念吗?'魔界'是指人的世界吗?"

"人的世界?魔界吗?"矢木深感意外似的反问道,"也许就是吧。这样也挺好嘛。"

"我们作为人类活在世上,为什么说是魔界呢?"

"你说'作为人类',可所谓的'人类'又在哪里?也许都是魔鬼呢。"

"爸爸就是怀着这种想法看这幅墨迹的吗?"

"怎么会呢?这里所写的'魔界'应该还是魔界,是一个恐怖的世界。要不他说比佛界还难进嘛。"

"爸爸是想进魔界吗?"

"你是问我想不想进魔界?什么意思呢?"

矢木圆润的脸上现出柔和的微笑。

"如果品子认定妈妈要入佛界的话,那我就进魔界也无妨……"

"哎呀!我不是那个意思。"

"'入佛界易,入魔界难'使人想起'善人尚可成佛,况恶人乎'这句话。但两者似乎又不一样。一休的这句话不是排斥了感伤主义吗?排斥了你妈妈和品子你这些人的感伤主义啊……还有日本佛教的感伤和抒情……也许这是句残酷的战斗话语。对了,上次十五日茶会上展出《普贤十罗刹女像》的时候,品子也去了吧?"

"是的。"

那是北镰仓旧画商住吉举办的茶会,每月十五日都有例会，由旧货商和茶道中人轮流悬釜点茶，已成为关东地方的主要茶会之一。

会长住吉是担任东京美术俱乐部经理的画商元老——淡定脱俗似禅宗僧人，甚至比茶道宗师更像茶士。十五日茶会就是靠这位住吉老人的人格魅力支撑的。

路途不远，矢木便心血来潮去看了。在壁龛里就能观赏到原属于益田家的《普贤十罗刹女像》，于是那天他把波子和品子也叫去了。

"那就是你妈妈的喜好吧。普贤菩萨坐在白象上，围绕在周围的十罗刹都是身穿十二层单衣的美女。全是照着那个时代宫女原样描绘的。这套佛画反映了藤原时代那种华美的感伤。从中还能看出藤原时代的女性趣味和女性崇拜吧？"

"可当时妈妈说，普贤只是面容漂亮，没什么可贵的。"

"那样啊。普贤本是美男子，却也被画成了美女的模样。就连描绘阿弥陀佛从西方净土来迎往生者的《来迎图》，可能也是符合藤原时代憧憬的幻影吧，还有'满月来迎'这个说法。在藤原道长死的时候，还握住了弥陀如来像手中垂下的一根丝绦的另一端。《源氏物语》就诞生在道长的那个时代，所以我在年轻时候对源氏做过考察。你妈妈似乎很反感，说我明明是个粗野穷人的孩子，与藤原时代的风雅和物哀相去甚远，粗俗而卑贱。"矢木望着品子的脸，"《来迎图》中，前来迎接凡人灵魂的菩萨们装扮漂亮，手持乐器翩翩起舞。舞蹈最充分地体现了女性之美，所以我没有阻止你妈妈跳舞。

但是,女人不是用精神跳舞,而只是以肉体跳舞。我长期观察你妈妈,也确实是这样。比起当尼姑,女人跳舞会更美。仅此而已。你妈妈的舞蹈只不过是她感伤主义的表现,而且是日本式的……品子你的舞蹈也只是青春幻想的描绘,不是吗?"

品子很想反驳。

"如果魔界没有感伤,我就会选择魔界。"

矢木最后甩出这句话。

主屋中只有矢木的书房、波子的起居室、日式客厅,以及储藏室和女佣的房间。

夫妻两人只能把波子的起居室当作卧室。

自从这里作为波子娘家的别墅开始,这间六张榻榻米大的房间就被整理得女性气质十足,墙围等用的都是旧布料。说是旧布料,也就是用在元禄以降江户时代的女式短罩衫之类衣服上的布料吧。

最近,波子晚上躺下后,望着这些用彩线绣成的古代花纹,就感到非常孤寂。那些旧布料都过于女性化了。

自从拒绝矢木之后,波子每晚就寝都成了痛苦的事情。

从那以后,矢木就再也不对波子有所求了。

矢木习惯早睡早起,所以总是先于波子睡下。即使如此,他也都不会在波子就寝之前睡着,而是在对波子说点什么之后才入眠。

即使在品子的独屋聊到很晚,波子也会说声"到你爸睡觉的时间啦",然后回到主屋去。她惦记着还等着自己没有睡的丈夫。这一长年养成的习惯已渗透身心。

就算是波子自己,进卧室后如果矢木不说点儿什么,她也会心里犯嘀咕。

但是,这种习惯现在也变成了对波子的威胁。当矢木在被窝里说什么时,她就会心头一惊,随即紧缩身体钻进被窝。

"我又不是罪人啊。"

波子在心里嘀咕,但还是做不到气定神闲。她有心无心地侧听矢木的鼻息声,心想:自己这是造了什么孽呀?

波子连翻身都不敢,是在等待什么吗?等待矢木赶快睡着?还是等矢木再来求欢?

如果矢木再来求欢,自己可能还会拒绝。她惧怕这样的争执。但是,矢木不来求欢,她又会感到恐慌。

在矢木睡着之前,波子无法入眠了。

波子今晚在品子的独屋里聊天,已到丈夫睡觉的时间,她仍然没回主屋。

"我听你爸说,你对壁龛里的挂轴有些意见?"

"哎呀!爸爸说我有意见啦?"

"是啊。他两三天前就说过,因为品子不喜欢,所以就换了个别的。"

"哎呀!我只是问了问那是什么意思嘛。爸爸讲了好多,我也不太明白呀。爸爸说妈妈和我的舞蹈都太多愁善感,这实在恼人。"

"多愁善感?"

"好像就是这样说的。他说跳舞这种事情,本身就是多愁善感的。"

"是吗?"

波子想起,早在十五年前就听矢木说过,女人的身体经过芭蕾舞的锻炼,更容易取悦丈夫。

在矢木说二十多年从未碰过"这个女人"之外的女人时,波子一心只顾避开丈夫的手臂。可能由于这个缘故,丈夫的话语听起来只像是在执拗地纠缠。

但是,过后细想起来,也许正像丈夫所说,作为男人,这确实是个"不可思议的例外"。那就是说,波子"这个女人"得到了这例外缘分的惠顾吗?

波子那时觉得丈夫说的话毋庸置疑,相信那应该是千真万确。

但事到如今,这句话听来已毫无幸福感可言,反而带来了沉重郁闷之感。

或不如说波子开始与丈夫拉开距离进行观察,看这是不是矢木性格异常的标志。

"如果说咱们的舞蹈多愁善感,那我和你爸的生活至今也很伤感吧。"波子歪着脑袋说道,"妈妈最近像是很累呢。不到春天就提不起精神……"

"是爸爸让妈妈这么累的吧?爸爸正从魔界看着妈妈呢。"

"从魔界?"

"一和爸爸聊天,不知为什么,我的活力就会渐渐消失。"

品子用丝带扎起稍长的头发,然后又解开。

"爸爸是吃了妈妈的魂儿才活着的呀。"

波子似乎对品子的说法惊讶不已。

"不管怎么说,好像还是妈妈背叛了你爸爸呀。对品子我也必须道歉……"

"爸爸是不是在等着大家都累垮呀?"

"怎么会呢?不过,这个独屋过几天恐怕就要卖掉了吧?"

"赶快卖掉,然后在东京建一座排练室就好啦。"

"伤感的排练场?"波子嘟囔道。

"可是,爸爸会反对哦。"

过了半夜两点钟,波子返回了主屋。

矢木已经睡着了。

波子在黑暗中穿上冰凉的睡衣。

尽管躺下了,但她感觉从眼皮到额头都一直没暖过来。

"妈妈就睡在我这里吧。爸爸应该已经睡了。"回去的时候,品子曾经挽留道。

"那要被你爸笑话多愁善感呢。"

然而回了主屋之后,波子又觉得这样太孤寂,不如像个年轻姑娘一样,和品子两人待到天亮。

她难以入眠,似乎生怕惊醒了矢木。

早上,波子在矢木起床之后才醒来。这是从未有过的事情。

波子心头一惊。

深藏的往昔

阵阵寒风中,波子同竹原前往四谷见附不远处早已被烧成废墟的自家宅院。

她拨开没膝深的枯草,寻找排练室的基石。

"钢琴是在这一片,对吧?"

波子这样问道,好像竹原理当知道似的。

"要是趁能搬走的时候送到北镰仓去就好啦。"

"事到如今能说什么呢?那都已经是六年前……"

"可那是斯坦威的O型钢琴,现在的我根本买不起。而且关于那架钢琴,还有我难忘的回忆呢。"

"本来小提琴一只手就能提着跑出来,可那也被烧掉啦。"

"那是瓜达尼尼的吧?"

"是瓜达尼尼。回想起来,那支图尔特的琴弓也很可惜呀！我买它的时候日元正值钱，美国的乐器公司为赚到日元，把乐器拿到日本来卖……我把相机卖往美国吃了苦头，就会想起从前的事啊。"

竹原摁住帽檐背过身来站着，像在为波子挡风。

"我一碰到艰难的事情，就会想起那首《春天奏鸣曲》来。站在这里，就能听到钢琴烧毁的地方传来那首乐曲呢。"

"是吗？我和波子小姐一起时，也仿佛能听到呢！咱俩合奏《春天奏鸣曲》的乐器都烧毁了。不过，就算小提琴能抢救出来，我也已经摆弄不了了。"

"我弹钢琴音也不准了……不过，现在就连品子也知道《春天奏鸣曲》里有我和竹原先生的回忆呢。"

"那是在品子出生之前吧？都是深藏的往昔了。"

"如果我们在春季举办作品发表会的话，就想找一段有我和竹原先生共同回忆的音乐跳一曲呢。"

"要是你在舞台上正跳到高潮时恐惧又发作，那多麻烦啊。"

竹原开玩笑似的说道。

波子闪出耀眼的目光。

"我不会再害怕啦。"

枯草看上去萧索凄凉，随风摇曳，映着夕阳的光芒。

波子的黑裙上也晃动着枯草的光影。

"波子小姐，就算找到旧房址也建不起原来那样的房子啦。"

"是啊!"

"我去找个熟悉的建筑师,让他先看看房址吧。"

"拜托啦。"

"新房的设计也请考虑一下。"

波子点了点头,又问道:

"你刚才说'深藏的往昔',是指被枯草深深掩盖吗?"

"不是那个意思。"

竹原似乎找不到合适的词语。

波子回头望着毁坏的院墙,走上了街道。

"那道院墙也不能用了,需要在建新房前拆掉。"

竹原也回头看着说道。

"你的大衣下摆沾着枯草籽呢。"

波子捏着竹原的大衣下摆转着看,先拍了拍他的大衣。

"你向后转身我看看。"竹原说道。

波子的大衣下摆没有枯草。

"但是你为建排练室下了很大决心。矢木先生知道吗?"

"不知道。还没……"

"那可就难办啦。"

"是的。就算能在这里建排练室,可建成时候,我们还不知会怎么样呢?"

竹原默默地向前走。

"虽然我和矢木一起生活了二十多年,孩子也长大了,可这不是我的一辈子啊。连我自己都很惊讶。感觉自己是好几个人。一个自己在和矢木生活,另一个自己在跳舞,也许还有一个自己在思念竹原呢。"

波子说道。从四谷见附的步道桥吹来阵阵西风。

来到圣依纳爵教堂侧面时,外护城河堤挡住了一部分来风,但堤上的松树似乎依然在呼啸。

"我想变回一个人。把好几个自己变成一个人。"

竹原点点头望着波子。

"竹原先生能跟我说一句——'你应该和矢木分手'吗?"

"说的就是这事儿呀。"竹原接过话头,"我刚才就在考虑,如果我和波子小姐不是多年的相识,而是初次相遇,会怎么样呢?"

"啊?"

"我刚才说'深藏的往昔',也许就是因为心里有这种想法吧?"

"我和竹原先生'初次相遇'……"波子疑惑地回头看着竹原,"我不行,那种事情……无法想象。"

"是吗?"

"我不要!年过四十才和竹原先生初次相遇吗?……"

波子露出哀伤的眼神。

"年龄不是问题呀。"

"我不要!"

"'深藏的往昔'才是问题嘛。"

"可是,如果是初次相遇的话,竹原先生怕是根本不会看我一眼吧?"

"波子小姐是这样想的吗?也许……我正好相反。"

波子像心口受到冲击一般停下了脚步。

两人来到幸田屋门口附近。

"这事儿你过后仔细给我讲讲吧。"

波子装作若无其事,想要走进旅馆。

"看你的脸,冻着了吧?"

旅馆里长廊中间摆着古董柜,其中排列着北大路鲁山人的陶器。"志野烧"和"织部烧"的仿制品有很多。

在幸田屋,餐具用的都是成套的鲁山人作品。

波子站在古董柜前望着仿"九谷烧"的瓷盘,隐约看到玻璃门上自己的脸庞。眼睛映得格外清晰,看上去熠熠生辉。

走廊尽头的庭院里,只见花匠正在铺枯松叶。

从这里向右转再向左转,从汤川博士投宿过的"竹间"后边进到庭院。

"听说矢木来这里时去过那个房间?"波子向女佣问道。女佣领她去了那座独屋。

"矢木先生什么时候来过?"竹原脱下大衣问道。

"从京都回来后貌似顺路来过。我是听高男说的。"

波子抬手摸了摸脸颊和脖子。

"皮肤被风吹得有些干燥……失陪。"

波子在洗脸间洗过脸，坐在外间的化妆镜前。她麻利地略施粉黛，心中想象着竹原所说的——假如两人"初次相遇"。然而波子无论如何难以接受。

不过，当两人来到旅馆庭院深处的独屋时却没那么忐忑。是因为他们熟识多年的亲密感？还是因为这家旅馆熟悉的亲切感？

从竹原所在的房间飘来暖炉的煤气味。

当波子想到矢木也来过这竹林庭院对面的房间时，与竹原在一起的忐忑似乎得以平复。

在矢木来过这家旅馆之后，波子一度被罪孽的恐惧感追逐，同时又感到身体在燃烧。但现在这一切都结束了。

波子想起这些，脸变得通红，便又打开小粉盒取粉补妆。

"让你久等了。"

波子返回竹原处。

"在那边也能闻到煤气味儿呢。"

竹原看看波子的妆容。

"变漂亮了⋯⋯"

"因为你说还是初次相遇那样更好。"波子嫣然笑道，"我想听你接着刚才的话继续讲呢。"

"'深藏的往昔'吗？就是说，如果是初次相遇的话，我可能会毫不犹豫地把波子小姐抢到手吧⋯⋯"

波子低着头，感到心潮澎湃。

"而且我对过去没能和波子小姐结婚感到悲哀啊。"

"对不起。"

"什么话。我已经没有怨恨和愤怒了，相反当我想到波子小姐和别人结婚二十多年后还能这样和我相会，这深藏的往昔就……"

"你要说多少次'深藏的往昔'啊？"波子抬眼问道。

"这往昔会把我变成守旧的道德家吗？"竹原说完又像改变了想法，"从深藏的往昔流淌至今都尚未消失的感情束缚了我啊。双方各自结婚又这样相会，也许看似不幸，却又是幸福的。"

波子现在才又想起，竹原也已结婚。竹原的婚姻与波子的婚姻应该不一样吧。竹原大概不想把家庭搞得乱七八糟吧。

或者竹原也对婚姻感到幻灭，也会恐惧——与波子交往过密会带来幻灭感。

波子似乎只能将此理解为竹原的拒绝，但即使没有往昔的回忆，姑且当成初次相遇，竹原那听上去饱含爱意的话语，似乎也拯救了此时的波子。

"打扰一下。"女佣进来说，"风好像很大，要不我把雨窗关上吧？"

这座独屋没有玻璃窗。趁女佣关雨窗的空当，波子也朝庭院望去，低矮的竹丛哗哗摇动，叶子都翻转过来了。

"已经傍晚啦。"竹原把双肘支在桌上，"我的话让波子小姐悲伤了吗？"

波子微微点了点头。

"真是没想到。不过,波子小姐和我在一起,也会常常感到恐惧吗?"

"我说过不会再害怕了。"

"看到波子小姐害怕我很难受,就像猛然清醒似的,会想:啊,这可不行……"

"但我感觉那可能是燃起了爱情呢。"

"燃起了爱情?"竹原紧盯着波子问道。

波子现在感到爱情真的已经燃起并贯穿了身体,她甚至要颤抖起来,腼腆的神态更显妩媚。

"也就是说,刚好相反。这样的话,你应该能明白我所说的'刚好相反'。你也可以这样想,往昔是我让波子小姐和别的男人结婚的。虽说不是我让,而是波子小姐这样做的,但是从我的角度也可以这样讲。因为我那时没有抢回波子小姐,而是在袖手旁观……因为我太尊重波子小姐了,所以缺乏给予波子小姐幸福的自信。虽说这是年轻男人常犯的错误,但正因为有这种错误,至少我从深藏的往昔中也看到了光明……我在其他方面从来不会畏缩、不会怯懦,可我却偏偏一直只是在默默地珍惜着波子小姐。"

"我很清楚你对我的珍惜。"

波子老实回应,感觉依然心扉半开、犹疑不决,或许,即使完全敞开心扉,竹原也不会进来。

"好奇怪呀。坐在这里，我也感觉像是以前什么时候已经和波子小姐结婚了呢。"

"啊？"

"这种亲密感已经渗透到我骨髓里了吧？"

波子用眼神表示赞同。

"还是要怪那深藏的往昔啊……"

"我那错误的往昔？……"

"倒也未必完全如此。你我都没有忘记……好像是在去年？波子小姐在给我的信中用了和泉式部的和歌。"

波子难为情地应道："你还记得？"

她是在《和泉式部集》中找到的这首和歌。

> 朝思复暮想，怎奈无缘识。
> 朝夕相处却无情，谁可做知己？

"这是一首说教式的和歌。"

"但波子小姐说出要和矢木分手这句话，用了二十年呢。婚姻真可怕呀！"

波子眼看要变脸色，仿佛听到竹原在说，她还生了两个孩子呢。

"你在嘲弄我？"

"你听成嘲弄了吗？"

"我现在做不到泰然自若了。感觉自己赤身裸体地在颤抖呢。你却能泰然自若,还在观望什么深藏的往昔呢。"

波子怀疑竹原在嘲弄自己,内心产生了一丝龃龉。

竹原似乎正等着波子失声痛哭,等着波子投怀送抱。波子便为此既不能哭出来,也不能扑进他怀中。可波子看到竹原泰然自若的样子,愈发心急如火、苦闷难当了。

他为什么不来拥抱正在赤身颤抖的恋人呢?

但是,波子尚未失去理智。

她今天与竹原会面是为了正事。她和竹原商量过卖掉别墅建排练室。竹原也来看过房屋的原址,并在附近的幸田屋共进了晚餐。

更何况竹原已有妻子儿女,波子自己也尚未与矢木分手。

波子最初也没想过,在这家熟悉而又亲切的旅馆里,会发生越轨之事。

不过,波子恐怕不会拒绝竹原吧。她感到,自己已随时随地都是竹原的人了。

"你说我泰然自若?"竹原反问道。

晚餐结束,开始削苹果的时候,传来了教堂的钟声。

"这是六点的钟声呀。"

波子在钟鸣时停下手来。

"到了晚上,风声就小了呢。"

波子把削好的苹果放在竹原面前。

"我得和矢木先生见一面吧?"竹原说道。

波子深感意外，问道："为什么呢?"

"无论是改建排练室，还是要和矢木先生分手，波子小姐都没法自己解决吧?"

"不行！我不愿意……你别去见他。"波子摇了摇头，"我来解决好了！"

"这没什么嘛。我会作为波子小姐的老朋友去见他。"

"那我也不愿意。"

"波子小姐，到时候还是得找人代劳吧? 我估计这事儿会很难办，但我也想当面问问矢木先生的真实想法。他会说什么呢?"

"要是矢木执拗起来……"

"会吗? 北镰仓那座别墅是在谁的名义下?"

"我从父亲那儿继承来的，一直没变。"

"不会在波子小姐不知情时被改动吗?"

"矢木吗? 他不会那样。"

"为慎重起见，先调查一下吧。我不了解矢木先生的人品……但我想过，也许为了你，有朝一日总要和他对决的。现在时机到没到，我还没从你这儿确认清楚。"

"确认清楚?"

"我能不能说一句'你应该和矢木分手'，波子小姐刚才这样问过我吧? 你真的能和矢木分手吗?"

"我们已经分手啦！"

波子像被诱引般说了出来，忽然间难为情地脸红起来。

竹原似乎即刻醒悟，却又反驳似的说道：

"可是，今天还要回家……"

波子依然眼睛朝下，微微地摇了摇头。

竹原窒息般地沉默了片刻。

"可是，我想作为你的朋友去见矢木先生。作为情人，我开不了口。"

波子抬起头来凝视着竹原。

那双大眼睛依然泪水盈盈。

竹原起身过来搂住波子的肩膀。

波子伸手想去拨开，触到竹原的手臂时，指尖忽然颤抖起来，随即将酥麻的手轻柔地滑落在男人的手上。

竹原要回家去了，波子留在幸田屋。

"我自己一个人没法回家呀。得叫来品子一起走。"

波子说完向大泉研究所打电话，品子还在那里。

"我在这里等到品子小姐来吧？"

听竹原这样说，波子似乎略有思索。

"今天你别和她碰面。"

"我连见见品子小姐也不行吗？"

竹原怜恤地望着波子笑着说。

波子送竹原到门口，望着竹原的车开动，突然产生了追随而去的冲动。

为什么没跟竹原一起离开这里呢？

波子只觉得自己已不能再回矢木那儿了,似乎忘了怀疑竹原回家的原因。

她一个人在房间里坐立不安,就听从女佣建议去了旅馆里的澡堂。

"深藏的往昔?"

波子重复着竹原那句话,在温热的水中只能感到失去的往昔。就算自己回到年轻姑娘那时,刚才触到竹原的手产生的感觉,想必比起四十多岁的现在,也不会更愉悦了吧。她把自己当成年轻姑娘紧紧地抱住,同时闭上了眼睛。

"您家小姐到了。"

女佣过来通报。

"是吗?我马上就好,让她在房间里稍等。"

品子仍穿着大衣,侧身坐在暖炉前。

"妈妈?我以为出什么事儿了呢。到这儿听说您在洗澡就放心了。"品子抬头望着波子,"妈妈一个人?"

"不,竹原先生来了。"

"是吗?已经走了吗?"

"就在我给你打电话后不久……"

"当时他在吗?"品子疑惑地问道,"妈妈只说叫我来这儿就挂断了电话,所以我很担心呢。"

"我和他商量了建排练室的事情,还让他看了房址呢。"

"哎呀!"品子爽朗地说道,"所以妈妈看起来蛮精神嘛。我也想去看看呢。"

"今晚住下,明天去看吧。"

"住下吗?"

"原先没打算住……"波子支支吾吾,避开品子的目光,"妈妈一个人回家感觉很难受,就想叫来品子一起……"

"妈妈不愿意一个人回家吗?"

品子虽然只是随口反问,但问过之后又眉头紧皱,目光严肃起来。

"与其说不愿意,倒不如说心里难过啊。感觉好像不可原谅……"

"爸爸吗?"

"不,是我自己……"

"哎?妈妈不原谅爸爸吗?"

"这个……也许是我不会原谅自己吧。但是否真的不会原谅自己,妈妈也不清楚……谴责自己,其实也像是给自己找借口呢。"

品子像重新想过一般说道:

"今后只要妈妈来东京,我都会跟你一起回家。"

"妈妈倒像是个小孩啦。"波子朝品子笑了笑,"品子……"

"我没想到妈妈会为回家感到那么难过呢。"

"品子,妈妈也许会和你爸爸分开呢。"

品子点了点头,极力抑制心中的忐忑。

"品子怎么想?"

"我觉得很难过。不过我以前就有所预料，所以没感觉吃惊。"

"妈妈对你爸爸这个人了解得不透彻呀。从一开始就不怎么了解。即使不了解却还是在一起，这样的日子要结束了吗？"

"难道现在了解了也不行吗？"

"不知道啊。跟不了解的人在一起，搞得对自己也不了解了。妈妈和你爸那样的人结婚，不知为什么，就像和自己的幽灵结婚了一样。"

"品子和高男都是幽灵的孩子？"

"那倒不是。孩子都是活人的孩子，也是神的孩子。你爸不是说过，如果妈妈的心像现在这样疏远他的话，品子和高男压根就不该出生吗？那就是幽灵说的话。对咱们可行不通吧？也许人的一生就是在不停地麻醉自己的心灵，但这样下去，妈妈也会变成幽灵啊。不过，虽说要和你爸分开，但这也不只是两人的事情，还有品子和高男呢。"

"我倒不介意，可是高男呢……高男想去夏威夷，要不就等他离开日本之后……"

"是吗？那就这样吧。"

"但是，爸爸不会放妈妈离开吧？我是这么觉得。"

"妈妈也让你爸吃了很多苦头呢。你爸和我结婚是他父母的意志，我觉得你爸至今也一直在贯彻他们的意志呢。"

"那是因为妈妈爱着竹原，所以才会那样想呢。"

"妈妈说要和爸爸分开,而且爱着别人,作为女儿我也很难办呀。当时爸爸问我觉得妈妈继续和竹原交往行不行,我回答说行,因为爸爸当时问得太冷酷无情了。高男说不愿意被这样问,他毕竟是个男子汉呀。"

然后,品子降低嗓音继续说道:

"虽说竹原先生是个好人……这对我并不是意外的事情……但是让我认可妈妈那种爱,就像让我进魔界一样。所谓魔界,是要有坚强意志才能生存的世界吧?"

"品子……"

"妈妈和竹原先生会完面,然后把我叫来了,对吧?对品子来说,这就足够了!即使将来和妈妈远离了,品子也会想起今晚妈妈叫我来的事。"

品子眼含泪水说完,却问不出口妈妈和竹原在一起是否还是寂寞。

"妈妈为什么叫品子来呢?"

波子一时无以应答。

难道是为了冲淡和竹原在一起时一触即发的氛围,才给品子打电话的吗?

波子不想就此与竹原道别,也不想回家。在几近缠绵下的愉悦感中还有苦闷和哀愁,她感到难以自持。自己是因为不堪愧疚而把品子叫来的吗?

如果竹原没有把波子拥入怀中,波子的脑海里也许不会浮现出品子。

"我是想和品子一起回家的呀。"波子只是这样答道,"走吧!"

她们来到东京站,横须贺线的列车刚刚驶离,于是又等了二十分钟。

她们坐在站台的长凳上。

"妈妈即使和爸爸分开,也不能和竹原先生结婚吧?"品子说道。

"是的。"波子点了点头。

"妈妈和我两个人一起生活,也只有跳舞了吧?"

"是啊。"

"不过,我觉得爸爸不会放妈妈离开。高男也许能去夏威夷,可要爸爸离开日本怕只是空想吧?"

波子默不作声,只是望着对面站台开动的列车。

列车驶离后,八重洲方向可见市区的灯光。品子似乎才想起来,开始说起在波子的排练室与野津的对话。

"我拒绝他了。不过,和野津先生跳舞还是要继续呀。"

第二天是星期天,波子下午开始在自己家里上排练课。

吃过午饭之后,女佣来通报说:

"竹原先生来了。"

"竹原君?"矢木目光严厉地看着波子,"竹原君来干什么?"

矢木说完转向女佣说道:

"你去告诉他夫人不想见他。"

"是。"

品子和高男顿时紧张得屏气吞声。

"这样可以吧?"矢木向波子问道,"既然要见你就在外边见,那样不是自由得多吗?没必要厚颜无耻地到家里来吧?"

"爸爸,我认为那不是妈妈的自由。"

高男结结巴巴地说道,放在膝头的手在哆嗦,细长脖子上突出的喉结在抽动。

"嗯……只要你妈妈对自己的行为还留有记忆,就不会自由吧?"矢木嘲讽道。

女佣回来说:

"他说不是要见夫人,而是要见先生。"

"见我?"矢木又看看波子,"你去告诉他,我更不想见他。我没有事找他,也没约他今天见面。"

"是。"

"我去告诉他。"

高男将长发唰地拢起,朝门厅走去。

品子将视线避开父母,望着庭院。

庭院里几乎全都是梅树,远离房前种在山边,房檐下只有一两棵。

在品子住的独屋边廊近旁有棵瑞香树,仔细看去已萌出紧实的花蕾。而那些梅树怎么样呢?

品子感到似乎能听到母亲的呼吸声,胸中憋闷难耐,几乎要喊出来。她先前想外出并已换上套装，却不自觉地解开了纽扣。

高男脚步声响亮地走进屋来。

"他走啦。说要去学校见爸爸，问了爸爸上课的日期呢。"

高男说着盘腿坐下。

"他说找我什么事儿？"矢木问道。

"我不知道啊。我只是叫他回去。"

波子像被捆住了身体般纹丝不动，感到矢木的目光随着竹原的脚步声远去而愈加咄咄逼人。不管怎样，她万万没料到，昨晚刚见过面，竹原今天就来了。

品子暗自看了一下腕表，默默地站起身来。她先前已做好了准备，于是立即出了家门。

电车半小时一趟，所以此时竹原肯定还在车站。

竹原正低着头在北镰仓站长长的站台上来回走动。

"竹原先生！"

品子在木栅栏外叫道。

"啊！"

竹原吃惊地停下了脚步。

"我现在就过去。下一趟电车还得等一会儿……"

品子在小路上快步前行，竹原也在轨道对面的站台上朝检票口走去。

可是，品子站在竹原面前却说不出话来，拘谨得红了脸。

舞姫　まいひめ

上架建议：日本文学·小说·畅销
ISBN 978-7-5736-0572-6

定价：42.00元

她手中提着袋子，里面装的是排练服和芭蕾舞鞋。

竹原揣测，品子追到车站来可能有什么事吧。

"你去东京吗？"

"是的。"

竹原没有看品子，边走边说道：

"我刚才去你家了。你知道吧？"

"是的。"

"我是想见一下你父亲……但是没能见到。"

上行的列车进站了，竹原让品子先上车，然后面对面地坐下。

"请你向你母亲传一下话，就说名义还是有变化。"

"啊？名义……什么名义？"

"只要这样说，你母亲就明白了。"

竹原先是拒而不答，随即似乎改变了主意。

"品子小姐早晚会知道吧，就是房产的名义呀。我来就是想和你父亲说这些事的。"

"啊？"

"品子小姐站在母亲这一边吧？不管发生了什么事情都是吧？……你母亲的人生现在才刚刚开始啊。就像品子小姐的人生也刚刚开始一样。"

电车到达下一站大船车站。

"我在这里下车了。"

品子说着忽然站起身来。

开往伊东的湘南电车与这趟列车交错进站了。

品子紧紧盯着湘南电车,随即闪身跨进车门,汹涌的心潮立即平静下来。

刚才竹原进了门厅,父母坐在客厅里,品子无法承受那种令人窒息的气氛。她感受到母亲的心情,痛苦得几乎要喷出血来。

于是她追着竹原出了家门,而见到竹原却又羞得窘迫不堪。虽然似乎有话想替母亲传达,可又不知该怎么说。

自己是为什么跟来的呢?品子尴尬得无地自容,便又在大船站下了车。

她跨进湘南电车也是瞬间的冲动。但她一想到自己这是要去见香山,便又立刻平静下来。

在列车驶到大矶一带时,伤残军人正在用尖刻的腔调进行募捐演说。品子漫不经心地听着。

"各位,请不要向伤残军人捐款。禁止捐款……"

又听另一个人这样说道,只见是车门口站着的乘务员。

那个伤残军人停止募捐演说,发出金属的脚步声从品子身边走过。他从白衣下露出的一只手也是金属的骨头。

品子从伊东站乘上了东海巴士一号线。她想,到达下田站需要三个多小时,看来大巴行至途中天就该黑了。